亲亲 我的小太阳

张国龙 —— 著

青岛出版集团 | 青岛出版社

目录 / Contents

桂花树下许愿得"桂宝" …………… 001

稚子候门 ………………………… 005

害怕"领导" ……………………… 011

爸爸忌惮睡觉 …………………… 013

襁褓中的寂寞 …………………… 018

学说话散记 ……………………… 027

第一次发烧 ……………………… 041

玩耍记趣 ………………………… 048

捡"玩具" ………………………… 055

照料海棠花 ……………………… 062

第一个朋友 ……………………… 066

小管家 …………………………… 077

黏爸爸	086
入托初记	097
被投诉风波	113
和爸爸玩雪	139
稚嫩的焦虑	143
不背诗，会死吗？	156
接"宝宝"	160

爸爸，你也喝吧！	163
陪玩爸爸	171
接受惩罚	178
盼爸爸回家	192
童话男孩	199
后记	209

桂花树下许愿得"桂宝"

35 岁的某一天,爸爸意识到自己不再是孩子了,突然有了当父亲的渴望。可是,孩子,你太贪玩了,忘记了爸爸一直在等你到来。爸爸只能将青涩的父爱,给予小说中的那些孩子——梅子、叶子、白果、夏天、夏繁、李花、铁桥……

2013 年 10 月 14 日,孩子,医生确认你终于来了。爸爸不敢相信,甚至不敢高兴。这是上苍的垂青、厚爱和馈赠!感恩所有,孩子,包括你。从此,爸爸不再变更 QQ 签名。"感恩所有",已为永恒。

孩子,等待你降生的日子,爸爸又开始写小说。母子连心,妈妈不用给你礼物。看上去只能袖手旁观的爸爸，打算把这部小说当作给初临人世的你的见面礼。

已完成的十余部作品，无疑见证了爸爸行色匆匆的过往。唯有这一部作品《老林深处的铁桥》的诞生，殊为特别。以往，爸爸一旦进入写作状态，总是恍恍惚惚魂不守舍，断然拒绝任何干扰。然而，孩子，你的到来竟然改变了爸爸的写作惯性。你和妈妈，彻头彻尾介入了这些文字。每当写完一个片段，爸爸需要休息、需要激励了，你和妈妈便成了这部半成品的忠实听众。或清晨，或午后，或黄昏，或夜深人静……

终于，爸爸写完了这部作品，你们也听完了这部作品。许多时候听见爸爸低沉、蹩脚的朗读，你便在妈妈的肚子里踢踏，似击节而歌。

爸爸不是出色的儿童文学作家，但这部也许并不出色的儿童小说的诞生，注定是不同寻常的。

爸爸迷恋一家三口共同参与写作的时光。

每一种相聚都难以复制，爸爸自然并不奢望下一部作品还能如此诞生!

孩子,这段经历爸爸已铭记,谢谢你和你妈妈。

孩子,你妈妈说:"蔷薇花开,布谷啼鸣时,我们的宝宝就该出生了。"

如今,爸爸的小说完成了,我们静静地等待蔷薇芬芳,布谷吟唱。

2013年国庆节，爸爸陪妈妈回娘家。

左邻右舍的桂花都开了，而外公家的桂花仍旧含苞。

妈妈问外公："我们家的桂花为什么还不开？"

外公笑着说："就等你们回来才开呢。"

那个傍晚，妈妈在桂花树下默默许愿："你要是明天就开花，我有了孩子，就以'桂'命名。"

第二天清晨，满树繁花，满院桂花香。

孩子，你果真来了，那就叫你"桂宝"吧。你的大名叫"桂宇"，是远在长沙的李元洛爷爷取的。他是爸爸的忘年交，一个极具个性、才华葱郁的散文家。

稚子候门

爸爸伤风、鼻塞五天了。一窍不通,浑身便不得劲儿。

会场塞满了人,没有空调,爸爸憋得如坐针毡。迫不得已旷会,惴惴不安。蹑手蹑脚下楼,没做贼,心也虚。

外面下中雨,雨里裹着风,微凉的秋意幽幽暗暗。

爸爸看着偌大的风雨广场人影稀落,油然想到"人去楼空"。不远处,木铎金声(北师大标志物)巨型铜钟兀立,相伴的还有几棵挺拔的苍松。数十个临时搭建的"迎新接待站"一字排开,华丽的遮阳伞挤挤挨挨声势浩大。

那一年,爸爸攥着录取通知书茫茫然淹没在这里。一低头,四分之一世纪已不再。

举起手机随意拍照,发朋友圈:北师大在雨中静静地等你们——2015级全体新生。

寒来暑往,木铎金声,"铁打的校园流水的学生"。爸爸早就懂得"珍惜",流年依旧似水,谁又能让时间驻足?在这里读书、教书,这里的角角落落爸爸都熟悉。而且,就数在这里认识的人最多。然而,都是过客。

收到妈妈的短信:"回家吃晚饭不?"

爸爸"哦"了一声,赶紧回家。

爸爸很惭愧,一大早出门,好像忘记了想念那个位于城北地带的"我们的家"。

那个家存在了很多年,唯有今年最凌乱最拥挤。当然,也最热闹最温暖。

三年前,妈妈来了,桂宝很快就来了;桂宝来了,照看桂宝的二姑跟着来了;爷爷奶奶盼了桂宝很多年，年过古稀的他们千里迢迢赶来看"乖孙儿""莽娃儿"。

"上有老，下有小"，才是完整的家。

在特殊天气里有车开，爸爸的安全感居然莫名剧增。一定是虚荣心在作祟。刚出校门，烈风豪雨猛然袭来。雨刮器以最快的频率工作仍刮不开雨幕，能见度瞬间低到令人不安。

爸爸胆怯了，打起双闪，小心翼翼泊车在相对安全的路边。继续拍照，发朋友圈，刷存在感。纯属哄自己玩，寂寞侧漏，漏了个精光！

上路，一路轮番听各个频道的抗战歌曲，《歌唱二小放牛郎》《弹起我心爱的土琵琶》……听着优美的旋律，爸爸情不自禁跟唱。

到停车场了，雨还没有停歇的意思。略微犹豫后，爸爸果断给妈妈打电话，说："你来停车场接我吧，我没有带伞。别着急！"

车位前的那棵香椿树已经高过围墙，屹立在风雨中。五年前的那个春天，它刚刚钻出围墙根儿。

爸爸嫌它畏畏缩缩,几次欲连根拔起。幸亏没干这蠢事。"待我亭亭如盖,许你满树阴凉。"真好!

"怎么就带了一把伞?"爸爸问。

"这把伞大!"妈妈说。

"莫不是想和我在雨中漫步?"爸爸调侃道。

"是呀。"

雨,很大。伞,也不算小。

雨声,风声,混合着两个人的絮絮叨叨,成了相依相偎回家的背景音。

"桂宝在干吗?"

"等你回家呢。"

"他今天乖不乖?"

"挺乖的!"

刚走到门边儿,门就开了一道缝儿。桂宝"咦"一声,伸出双手扑向爸爸。

"桂宝,叫'爸爸'!你想不想爸爸呀?"桂宝趴在爸爸肩头,出奇地乖巧、温顺。

"桂宝在窗前看见你们到了楼下,'咦咦咦'个不停。指着门口,非要到这里来等。"二姑满脸山花烂漫。

爷爷奶奶笑吟吟站在桂宝身后。

"桂宝,爸爸妈妈回来了哦!"妈妈摘下爸爸的双肩包,忙里偷闲拍拍桂宝的屁股。

"臭小子,口水把爸爸的衣服都打湿了。小坏蛋,脏死了哦!"爸爸抱着小肉蛋儿来回来去地踱步。很遗憾,爸爸看不到自己脸上的笑意。

爸爸哼着无字歌谣,心猿意马。

"稚子候门……三径就荒……"

陶渊明先生,不管怎么说,我都是你的知音!

害怕"领导"

爸爸蹑手蹑脚,准备出门开会去。

桂宝突然醒来,高声唤:"妈妈!"

略微犹豫,爸爸折回卧室,抱起桂宝,柔声说:"妈妈开会去了,下午就回来。"

桂宝推开爸爸,哭着先去书房找妈妈。然后,到厨房找妈妈。最后,蹲在大门口,哭得肝肠寸断。

爸爸赶紧抱起桂宝。

桂宝立即将号啕转化成呜咽,紧紧搂着爸爸的脖子。看来,他已经接受了妈妈不在身边的事实。

二姑赶紧过来救场,抱走桂宝。

爸爸假装去书房工作。桂宝跟着爸爸,要求爸爸陪他玩滑板车。

爸爸看看表,时间还有富余。好吧,豁出去了,索性陪桂宝玩会儿。好小子,滑板车滑得突飞猛进!

二姑再次打掩护,带桂宝上厕所。爸爸赶紧开溜。桂宝机警异常,冲到门口,拽着爸爸的手,开始号哭,撕心裂肺的那种。

爸爸寸步难行,蹲下身,拥着桂宝,说:"桂宝,爸爸再不走,开会就要迟到了。"

二姑赶紧抱开桂宝,连哄带吓说:"爸爸迟到了,领导要批评爸爸哦。快跟爸爸说再见吧!"

剧情陡转,桂宝立即不哭了,主动给爸爸开门,挥手说:"再见!"

领导,对不起,"躺枪"了哦。

桂宝,你知道啥是"领导"吗?

爸爸忌惮睡觉

上大学时,爸爸上铺的同学几乎夜夜在梦中大喊大叫,拳打脚踢。大家调侃他,将来结婚了,一定会无意识中把老婆踹到床下。

自从妈妈怀了桂宝,爸爸睡觉就小心翼翼的,生怕在梦中踢着了桂宝。

某一天,爸爸一觉醒来,发现自己居然可以保持一个睡姿睡到天亮。看来,父爱,也属本能。

桂宝出生后,爸爸妈妈按照书上的建议,决定和桂宝分开睡。可是,婴儿车和婴儿床,桂宝都不接受,刚放下,就大哭。书上说:哭,坚决不抱;不哭,才抱。

都说，第一个孩子照书养，爸爸妈妈也是如此，非常迷信书本。

可是，桂宝哭得非常顽固。外婆不忍心，二姑也不忍心。

"男娃儿哭多了，会哭成疝气。"外婆和二姑唠叨。

爸爸妈妈强忍着，假装不心疼。

某一天，爸爸终于受不了了，在桂宝嘹亮的哭声中给资深老爸阿不打电话。此前，阿不曾告诫："少抱啊，抱多了，就不好撒手。"哪想到，原则性颇强的阿不此时居然说："都哭成那样了，那就抱吧！反正家里也不缺人手。"

果然，爸爸妈妈妥协一次，桂宝此后就如法炮制。婴儿床成了摆设，抱着睡是常态。偶尔自己睡，也要蜷缩在沙发的旮旯里，用靠垫搭建起临时的小巢。反正桂宝一岁之前，睡觉就像过家家，不过家家就难以入睡。

妈妈和别的妈妈交流，发现桂宝应该是非常麻

烦的"高需求宝宝"。

"认命吧!要求多,说明桂宝很聪明。"爸爸说。

"真的吗?严重同意!"妈妈还不无骄傲地说,"那谁谁家的孩子,每天晚上得躺在爸爸妈妈的胸膛上才能睡着,他们两口子轮流给娃当床。我们算是幸运的了,桂宝还没有这样来折磨我们!"

爸爸"呵呵呵",耳边似乎传来了画外音:痴心父母古来多,孝顺儿孙谁见了?

爸爸时常自责:对爷爷奶奶的好,不及对桂宝的百分之一。这非理性的血缘之爱,为何总是向下传递?还有"逆袭"的可能吗?谁做到了?

为了训练桂宝独自睡觉的能力,爸爸把婴儿床紧紧地绑在大床边上。某一夜,趁桂宝熟睡,悄悄把他移到婴儿床上。妈妈一觉醒来,发现怀里居然有了个桂宝。桂宝啥时候神不知鬼不觉滚进妈妈怀里的?

当然,挨着妈妈睡,桂宝睡得更加香香甜甜。担心桂宝翻到床下,爸爸妈妈就让桂宝睡中间。这个小小的"第三者",居然心安理得。

这个小肉团偶尔会翻过身,贴着爸爸。爸爸既开心,又紧张。万一睡着了,翻过身,把桂宝给压坏了怎么办?爸爸很小的时候就听说,一个表嫂睡觉时不小心把自己的独生子给压伤了。爸爸感觉身边安睡着一个甜甜的定时炸弹,如"睡"针毡,丝毫不敢动弹。实在支撑不了了,迷迷糊糊睡过去。偶尔,惊醒,惊觉自己竟然保持着固定的睡姿,就像是被谁施了神奇的定身法。

桂宝睡觉，或四仰八叉，或横冲直撞，或横竖颠倒。一个小人儿，独自占据了大半张床。许多时候，爸爸侧身横挂在床沿，居然能睡着，居然纹丝不动，居然不会掉到床下，居然不会压着桂宝的小指头。爸爸一次次惊叹：这血缘之爱，神奇！玄妙！不可理喻！

爸爸小时候在乡下观察过小猪崽儿，油光水亮，萌得令人百看不厌。每当十几头小猪崽儿团团围住母猪找奶吃，肥硕的母猪必须吃力地躺下来，努力舒展开身子，才能让每一个猪宝宝都能顺利吮吸到奶头。令人叹服的是，猪妈妈从来不会压着它的孩子！它是以怎样的直觉，恰到好处地避开了那一群懵懂无知的孩子？

爸爸有所感悟：只有在父爱和母爱面前，众生才可谓真正平等！

某夜，爸爸梦中遭人追杀。为保护桂宝，只好往悬崖边上滚。"咚"，爸爸摔下了床，眼角撞在床头柜边角。很大一片瘀青，两个星期才消退。

襁褓中的寂寞

爸爸想当然地认为,桂宝在妈妈子宫里的时候是非常寂寞的。

据说,子宫里漆黑、嘈杂。小宝宝在羊水里蠕动,时常抓着脐带玩儿。有的宝宝太调皮了,有可能把脐带缠绕在脖颈上,医学上称之为"脐带绕颈",会给胎儿带来窒息的风险。

桂宝不能爬、不能坐、不能走、不能说的那些日子,爸爸时常觉得桂宝是个小可怜。只能躺着,除了吃,就是昏睡,似乎没完没了。醒来,小眼睛滴溜溜转。因为头部还不能自由转动,所看的目标显然是单调的。若是看见了某个新奇的东西,立即

"咿咿呀呀"，胳膊腿儿乱动，但没人能精准地破译这些婴语。急了，恼了，或者有其他不适，也就只能哭。哭，是桂宝和这个世界交流的唯一方式。虽然桂宝身边从来不缺少亲人，但是，没有人能完全懂得桂宝的心思。因此，襁褓中的桂宝别无选择，只能适应那无人解语的寂寞。

桂宝五个半月的时候，能够随意翻身了，偶尔会大笑，有朝目标蠕动的企图。每当爸爸看见桂宝吃力地抬起脖颈，小脸儿憋得通红，小胳膊小腿无助地挣扎，爱怜之情便油然而生。身体和思想完全不由自主，必定是寂寞难耐的。

这娃啥时候才能活蹦乱跳？爸爸时不时有揠苗助长的痴愚。

爸爸间或询问往来甚密的资深爸爸或妈妈："你家娃在婴儿时期是不是经常表现出很寂寞的样子？"

"嘁，我说你这做文学研究的，走火入魔了吧？乳臭未干，小爬虫一个，还懂得寂寞？不过是吃了睡,睡了吃。难不成你们生了个天才?"

理所当然,爸爸会遭到这样的奚落。

然而,爸爸坚信,在不能爬、不能坐、不能走、不能说的那些日子里,桂宝是寂寞的。因为桂宝不怎么爱笑,时常流露出大人般的无聊模样。

为了驱散桂宝的寂寞,爸爸时常递玩具给桂宝。可是,不管对什么玩具桂宝都只有两分钟兴趣。

爸爸妈妈和二姑犯了难,谁都不晓得桂宝究竟喜欢什么。

爸爸动不动就假装抱怨:"这个娃儿是谁生的哦?眼神儿好成熟,哪像个乳娃儿?实在是不好伺候!"

妈妈和二姑坚决维护桂宝:"桂宝不爱哭闹,不会动不动就生病,不是挺乖的呀?"

看见和桂宝差不多大的婴孩"嘎嘎嘎"地笑,爸爸甚至担心桂宝有自闭倾向。偷偷地查看了关于孤独症的诸多信息,爸爸觉得桂宝没有相关病症。不过,爸爸更加坚信:桂宝是个高需求宝宝,因为没有人能真正理解他,他通常是寂寞的。

为了排遣桂宝的寂寞,一家人自然每天都围绕在桂宝身边,和桂宝说话,陪桂宝玩儿。

二姑一有空就抱着桂宝唱川北童谣:

推磨,推磨,推磨,
推个磨儿细不过,
吃半边儿,留半边儿,
猫儿拖到灶门前,
鹞子叼到梁那边,
婆婆伤心大半天……

推磨,推磨,推磨
推个馍馍,去看婆婆,
推个粑粑,去接妈妈,
推个豆腐,去看舅母,
舅母不吃油豆腐,要吃你家的肥鸡母……

一、二、三、四、五,
上山打老虎,
老虎打不到,
打到小松鼠……

听童谣时,桂宝一副很专注很享受的样子。
爸爸偶尔童心萌发,自创蹩脚的童谣:

手中手

大手,小手,大手,
握紧,松开,握紧。
桂宝粉嫩粉嫩的体温,
凉爽了爸爸的苦夏。
路遥遥,快长大,
牵着牵念,伴着陪伴,
春春秋秋,冬冬夏夏……

六个月大的桂宝每天早上醒来就会眼巴巴地寻找大门口，嘴里"叽里哇啦"地说着。坐进小推车，他立即安静下来，一出门，眼睛就亮了，眉眼儿就开了，笑得就像个平常的婴孩了。左看看，右看看，怎么看都看不够，仿佛满眼的珍奇。

既然桂宝不愿"宅"在家里，爸爸、妈妈和二姑便轮班，尽可能陪桂宝在外面闲逛。

桂宝八个月的时候，爸爸就带着桂宝自驾游。出发前，妈妈各种焦虑。没想到桂宝并非温室里的苗，竟然受得了北方的春寒。那个襁褓中总是绷着小脸儿的奶娃儿，只要看见窗外不停变换的风景，立即就全身发力，手足劲舞，嘻嘻呵呵。

桂宝需要被抱着的日子一天天远去，桂宝在一天天长大。

爸爸抱着桂宝和一个陌生的半大小孩坐跷跷板，桂宝嘻嘻呵呵。

爸爸抱着桂宝和另一个陌生的半大小孩踢足球，桂宝兴奋得不停地尖叫，口水流进了爸爸的脖子里。

桂宝过第一个年时，爸爸抱着桂宝顶着风寒放烟花爆竹，桂宝丝毫不惧怕炫目的光亮和巨大的声响。

下雪了，爸爸抱着桂宝在雪地里玩儿。桂宝冻得小脸通红，仍旧着迷于满世界耀眼的白。

大大小小的游乐场，桂宝自然都是会员。给桂宝花钱，妈妈从来不含糊。

桂宝不到一岁，居然敢玩"宝宝蹦极"，惹得不少家长赞叹："这么小的孩子，玩这个还玩得很'嗨'！"

雾霾天或雨天，实在没法出门，爸爸妈妈就想方设法陪桂宝阅读。

桂宝八个月大，爸爸陪桂宝第一次阅读——《乔比睡觉》。桂宝安安静静，爸爸一口气读完，颇感欣慰，窃喜：桂宝身上有阅读基因？

担心桂宝成了电子产品控，家里的电视和平板电脑等物件就成了摆设。读绘本，成了桂宝出不了门时的保留节目。爸爸不担心桂宝是否听懂了，只要桂宝能专注地一页一页地看就行。桂宝一岁半的时候，一口气能看三四十页绘本，一天能读好几本，就这样读了大概二三百本绘本。

寂寞，似乎一点点远离了桂宝。

不过，当爸爸、妈妈和二姑都在忙碌的时候，寂寞又缠上了桂宝。

某一天上午，冬阳和煦。

桂宝去书房找妈妈，妈妈说："桂宝，妈妈查完这些资料就陪你玩儿。"

接着，桂宝去主卧室找爸爸。爸爸摸摸桂宝的头，看着厚厚的书。

桂宝只好找二姑去。

不多久，二姑大声喊："桂宝，别来厨房，危险！"

桂宝只好折回来找爸爸，小嘴噘得老高。爸爸忍俊不禁，赶紧拿起手机拍照。桂宝真的生气了，一点儿也不配合。爸爸赶紧抱起这个寂寞的小人儿，说："好吧，桂宝，爸爸陪你玩儿！"

某一个周末,爸爸临时充当小学生胡驹遥的代理家长,陪驹遥去奥森公园参加篮球训练营。扒着铁丝网,桂宝远远地看一群大哥哥抢篮球,眼巴巴的,流口水。

爸爸不由得慨叹:"谁看见了桂宝孤单的小小背影?"

嘿呦,桂宝突然发现脚边有一个大大的篮球,赶紧蹲下身,怯怯地抱住了。

爸爸抱起桂宝和篮球,乐呵呵地说:"桂宝,爸爸投篮给你看!"

爸爸聊发少年狂,三步上篮,球进了。

桂宝站在篮架下,用力给爸爸鼓掌。

爸爸满头大汗,蹲下身拥住桂宝笑呵呵说道:"桂宝,你快点儿长大吧。长大了,就有很多朋友了……"其实,爸爸还想说:有朋友了,还是会寂寞的。

学说话散记

婴孩学会走路和说话,最令家长感到惊喜。

桂宝满周岁,爷爷奶奶专程坐飞机来北京看桂宝。

某一天上午,爷爷在客厅里照看桂宝。

"快来,快来,大家快来看,桂宝马上就要走路了!"爷爷突然提高了声音,惊喜又惊叹。

厨房门口、书房门口和卧室门口立即齐刷刷探出了脑袋。

只见桂宝扶着电视柜,战战兢兢,摇摇晃晃,站了起来。小心翼翼往前挪动了一步,怯怯的。一只手够着了手铃,小脸瞬间乐开了花。用力晃出了"叮叮当当"的响声,小嘴跟着"咿咿呀呀"地叫。

突然，桂宝看见了地垫上的小皮球，立即屏息静气，小心翼翼蹲下身，一把抱住了小皮球，小饿狼一般。桂宝显然累了，一屁股跌坐在地垫上。稍稍喘了口气，他抱着小皮球，尝试再站起来，一只手本能地扒住电视柜边缘，"猴子掰苞谷（玉米）"的悲剧立即上演——小皮球掉地上了。桂宝索性置之不理，另一只手得到了解放，也扒着了电视柜边缘。好小子，全身发力，居然又站了起来。桂宝看了看周围的大脑袋们，一脸得意；接着，扶着电视柜往前走，稳当多了，轻松多了。这小子，还挺谨慎，自我保护意识相当强：遇见障碍，就停下来，或者，扶着障碍绕过去。

三天后，桂宝居然就学会了走路。没摔着，也没碰着。学步车和学步带全都没派上用场。看来，桂宝的体质不错。

从此，每天早上一睁眼，桂宝就"叽哩哇啦"地说着没人能懂的婴语。爸爸妈妈没睡够，假装没听见。桂宝便自己蹭下床，蹒跚着进入客厅，找二姑玩儿或玩玩具。

桂宝轻轻松松学会了走路，一家人特别欣慰。接下来，大家开始有意无意地教桂宝说话，从"爸爸""妈妈"开始。可是，桂宝迟迟不开口。事实上，对于大人们发出的任何指令，桂宝几乎都能做出准确反应，明显听得懂。

某一天中午，二姑带桂宝从外面玩耍归来。向来不多嘴多舌的二姑进门就怒气冲冲地嘟囔:"那个奶奶也真是的,一直问'你们家的孩子这么大了,怎么还不会说话?我们家的,八个月就会说话了'。我不搭理她吧,她还追着我问。我真想说,你们家的孩子那么大了,还走不稳当呢。"

"每个孩子的发展情况是不一样的,不用理睬。"妈妈笑嘻嘻安慰道。

爸爸没参与妈妈和二姑的议论,只是凑到桂宝跟前,抓起桂宝脏兮兮的小手,贴着自己的嘴唇柔声喊:"爸爸——爸爸——妈妈——妈妈——"

爸爸从书上获得了经验,让婴孩感受他人说话时嘴唇的颤动,就能刺激婴孩说话。

桂宝专注地看着爸爸的眼睛,小嘴蠕动了几下,还是说着没人听得懂的婴语。

爸爸只好放弃,扭头低声对妈妈说:"这娃娃,不会是哑巴吧?"

妈妈赶紧挤眉弄眼,压低嗓音说:"你小声点儿,他啥都听得懂的,别给他不好的心理暗示!每个孩子的语言发展情况是不一样的,你没听说过'贵人语迟'吗?"

"你还真看得上自己的孩子!还贵人呢,做个普普通通健健康康的人就万幸了!"爸爸耍贫嘴。

二姑抱过桂宝,进卫生间给桂宝洗手。

妈妈把爸爸叫进主卧室,郑重其事地说:"你往后别再在桂宝面前说桂宝不会说话的事情,桂宝敏感着呢。桂宝早就开始'咿咿呀呀'了,怎么会是哑巴?你不是向来很淡定吗?你懂点儿常识好不?'十聋九哑',他听力正常,开口说话是早晚的事!"

"我只是随口说说而已!好吧,以后,我不在桂宝面前说这个就是了!"爸爸赶紧认错。

桂宝15个月的时候,某周末上午,爸爸歪在床上刷朋友圈,桂宝突然蹿到爸爸床头,大喊了几声"爸爸"。爸爸赶紧扔了手机,翻身下床,一把抱起桂宝,"啧啧啧"亲了几口。冲着客厅大声喊:"桂宝会叫'爸爸'了!"抱起桂宝在原地转了好几圈。

"真的是叫'爸爸'了？没听错吧？"妈妈赶紧跑到主卧门口，惊喜交加。

"爸爸——爸爸——"桂宝突然叫唤。

妈妈笑嘻嘻嗔怪道："桂宝，你这个小没良心的，妈妈对你那么好，你居然先开口叫'爸爸'！"

自从桂宝会叫"爸爸"，五六个月过去了，他的关注点还停留在"爸爸"这个词上。偶尔，恼了，会大声说"不"。实在逼急了，会小声喊"妈妈"。

妈妈倒是相当淡定，压根儿不担心桂宝说话的事儿。爸爸虽然不再喋喋，但时常焦虑，一有空就让桂宝触摸爸爸的嘴唇感受说话时它的颤动。

远远只比桂宝大三个月，也是个男孩，说话早就相当利索了。远远来家里玩，妈妈笑嘻嘻有口无心地揭桂宝的短："我们桂宝啊，还不会说话。"正在玩玩具的桂宝突然抬起头，大声喊："爸爸！妈妈！"爸爸赶紧捅了捅妈妈，妈妈立即岔开了话题。

桂宝21个月。某天一大早，桂宝爬起来，主动要求背上小书包，嘴里叽里咕噜的，像是想出门。

估计是想去楼下的幼儿园上学。爸爸嘀咕道："只会说'爸爸''不',实在逼急了,才会小声喊'妈妈'。傻小子,这学,咋个上嘛?"

爸爸妈妈就职的北京师范大学的附属实验幼儿园发通知,九月开学,也就是桂宝 26 个月大时,桂宝可以上半天婴班。爸爸妈妈斟酌再三,还是决定让桂宝试一试。

两岁零两个月,桂宝踏上了漫漫求学路。此时的他,还穿着尿不湿,除了"爸爸""妈妈""不",啥都不会说。北师大实验幼儿园痛痛快快接收了这个"不会说话的娃",爸爸妈妈也横下心硬着头皮每天坚持送。桂宝大概哭了二十多天,总算接受了"上幼儿园"这件事。四个月过后,桂宝嘴里间或能蹦出各种类型的单词了。许多时候,爸爸妈妈明显感觉桂宝想开口说话,但心里有,嘴上却没有,急得满脸通红或者自顾自地胡说。

春节期间,爸爸妈妈带桂宝回川北奶奶家。堂妹一如比桂宝小半岁,已经可以清楚地表达。桂宝跟着妹妹说"大家好"之类的短语。某一天，奶奶突然腿抽筋儿，歪躺在沙发上。大家议论："可能是缺钙。"桂宝突然抱着奶瓶扑到奶奶面前，大声说："奶奶，嗑（喝）。"一家人全都惊呆了。奶奶一把搂住桂宝，瞬间泪如雨下："我的桂宝啥都明白哟！"

春季新学期，不记得是哪一天，桂宝突然能说出完整的句子了。从此，家里从早到晚就像多了一个流动的儿童广播站。桂宝的说话能力突飞猛进，爸爸妈妈还以为仅仅是因为厚积薄发。

某晚，爸爸和班主任晋玉波老师微信聊天，了解桂宝入园后各方面的情况，自然聊起了桂宝说话。晋老师说，桂宝入园后，针对桂宝的说话问题，婴班滕瑾主任带领的科研团队对桂宝进行了细致的观察和辅导。看了晋玉波老师的工作笔记（截录如下），爸爸妈妈才明白，北师实验幼儿确非浪得虚名。妈妈瞬间泪水盈眶，爸爸赶紧发微信朋友圈，心悦诚服地说："谢谢你们！你们是真正的园丁！"

晚上 8:54

看书环节	桂宝看到顾行知坐在黄线上看书。	在幼儿吃晚饭时间，顾行知吃完饭后，坐在黄线上看书。桂宝看到后走到我身边，用手拉拉我的衣服，用手指着顾行知说："嗯嗯。"	词	发音	清晰	自主表达
	"嗯，嗯。""嗯，嗯。""嗯，嗯。""嗯，嗯。"	我问桂宝："顾行知在做什么事情？"桂宝马上用手做一页一页翻书的动作，嘴里说："嗯嗯。"我对桂宝说："他在看书吗？"桂宝高兴地点点头。我对桂宝说："你说看书。"桂宝："书（吐字不清楚）。"我接着说："顾行知在看书。"桂宝又点头。我："你说'书'。"桂宝："书。""书。""书。""书。"	书	√		
幼儿园离园前	桂宝一只鞋掉了，找我帮忙。	桂宝一手拿一只鞋，脚上穿了一只鞋，走到我身边，把手里的鞋子举到我面前，抬起没穿鞋子的脚，对我说："嗯嗯。"我问："你怎么了？"桂宝："帮帮。"我："晋老师帮助你。"我帮助桂宝把鞋子穿上后问桂宝："晋老师帮助你穿鞋子，你应该对晋老师说什么？"桂宝双手握并说："谢谢。"	词	发音	清楚	自主表达
			帮帮（忙）			√
			谢谢			√

自此，桂宝不但可以准确表达，而且，时有惊人之语。

某天，桂宝正专注地搭乐高积木。妈妈需要释放母爱，坐在一旁柔声唤："小胖墩儿，过来，妈妈抱抱。"桂宝低着头，果断地回答："请不要叫我小胖墩儿，请叫我老大！"

爸爸乐呵呵感叹："桂宝，你在哪里沾染上了江湖习气？"

"可能是在《熊出没》里学到的。"妈妈眉开眼笑。

爸爸赶紧发微信朋友圈，有一条评论相当精彩：桂宝并非沾染了江湖习气，而是想让爸爸妈妈赶紧生二胎！

春天来了，奥森公园北园里百花盛开，爸爸妈妈一有空就带桂宝在园子里逗留。爸爸和妈妈闲聊，随口说出"姹紫嫣红"。

"什么是姹几嫣红？"桂宝突然问。

"姹紫嫣红就是各种各样的花都开放了，五颜六色。"爸爸解释道。

"哦，我明白了！"桂宝自信满满。

又逢周末，爸爸妈妈带着桂宝继续在奥森公园北园逗留。过了风雨桥，桥头繁花盛开。桂宝滑着滑板车,急停在百花园前,大声说:"看,姹几嫣红!"

爸爸妈妈笑得好半天合不拢嘴。

喜欢花的妈妈带桂宝看木槿花,顺便传授些花草常识。

妈妈闻了闻木槿花,说:"这花没味儿!"

桂宝接嘴:"因为没有放盐。"

爸爸忍俊不禁,搭腔:"桂宝,放了盐的木槿花,一定很好吃!"

周日,一大早,全家总动员,陪爸爸回学校做讲座。

桂宝一上爸爸的车就大声说:"爸爸,你在家真好啊!坐你的车好舒服啊!"

"桂宝,你就知道拍马屁!"妈妈拥着桂宝嘟囔。

"什么是拍马屁?"桂宝问。

"拍马屁就是为了讨人喜欢,违心说好听的。"妈妈一本正经。

"妈妈,你说得真好!我明白了!"桂宝似乎毫不含糊。

爸爸扶着方向盘，看了看后视镜里的桂宝，笑眯眯地说："桂宝，你咋又拍上了？"

某日，妈妈浑身痒痒，跟二姑嘟囔："我是不是过敏了？"

在一旁玩玩具的桂宝立即起身，急匆匆找奶瓶。

妈妈问："桂宝，你要喝奶吗？"

桂宝振振有词："喝了奶，有营养，身体好，妈妈就不过敏了。"

桂宝没有找到奶瓶，接着冲进厨房，抱出一罐牛奶，塞进妈妈怀里，说："妈妈，给，喝了吧！"

妈妈似乎浑身立即不再痒痒。

桂宝和二姑一起看电视剧，电视剧里有个小朋友的爸爸妈妈离婚了。

桂宝问二姑："发生什么事了？"

二姑说："这个小朋友的爸爸妈妈离婚了。桂宝，你知道离婚是什么意思吗？"

桂宝淡定地说："就是换了个人！"

妈妈和二姑面面相觑。

某天早上，桂宝发现了两根数据线，非要玩儿。妈妈坚决表示"不行"。桂宝很不高兴，嘟嘟囔囔走开，边走边说："妈妈真小气，小气包！"

妈妈险些追上去，双手递上数据线。

桂宝迷恋玩电线插板，已经玩坏了好几个。某天，妈妈郑重其事地对桂宝说："桂宝，你赔钱，100块！"

"没门！"桂宝掷地有声。

妈妈目瞪口呆，揪心地问："桂宝，你这从哪学的话啊？"

"光头强。"桂宝不以为然。

桂宝渐渐迷上了"洪恩故事"。然而，只有苹果手机才能下载"洪恩故事"的应用软件。那一阵，爸爸在美国带学生游学，有一天，妈妈上班去了。桂宝想听"洪恩故事"，可是，二姑的手机里没有。妈妈回家的时候，桂宝非常委屈地投诉，妈妈耐心地解释。

桂宝问："什么是苹果手机？"

妈妈回道:"就是苹果牌的手机。"

"哦,跟爸爸电脑一样的!"桂宝好像突然领悟了。然后,又得意地说:"我的脸也是个苹果。"突然,亲了妈妈一口。

桂宝走路,基本上没让谁操心。桂宝说话,确实令人操心。老生常谈,慢慢来,别急!反正,急,也不管用!

第一次发烧

桂宝八个月的时候,爸爸妈妈就带他自驾游。正值初春,北方春寒料峭。白河湾一带,山风猎猎,野花灼灼。回城的时候,京承高速爆堵四小时。折腾了一整天,桂宝居然安然无恙。

"这娃娃自打出了娘胎,居然没生过病。"爸爸妈妈偶尔会嘀咕。

的确,即或雾霾天,也不见桂宝感冒咳嗽。

二姑赶紧小声制止:"小娃娃的'好',说不得。"

事实上,孩子一岁半之前,仰赖于母体带来的免疫能力,不生病,很正常。

桂宝当然不是金刚葫芦娃,生病,自然是早晚的事儿。

未雨绸缪,爸爸提前买了电子温度计,妈妈预备了退烧药、退烧贴等等,就怕桂宝半夜突然发烧,来不及送医院。书上说,高烧容易把孩子烧傻。爸爸妈妈一直绷着这根弦。

桂宝 15 个月大时,第一次生病。

早上起床,桂宝有点儿蔫儿。

"手心烫,额头烫,肯定是发烧了。"妈妈如临大敌。

爸爸一测桂宝体温,吓了一跳,居然 40 摄氏度了。

家里立即兵荒马乱,每个人皆神情凝重。

"怎么一发现就高烧了?"妈妈一边给桂宝贴退烧贴,一边唠叨。

桂宝相当敏感,不愿贴凉津津的退烧贴。爸爸、妈妈和二姑轮番柔声哄诱,皆无效。只好用蛮力,强行贴上去。

桂宝大哭,声泪俱下。爸爸妈妈只能不理睬,

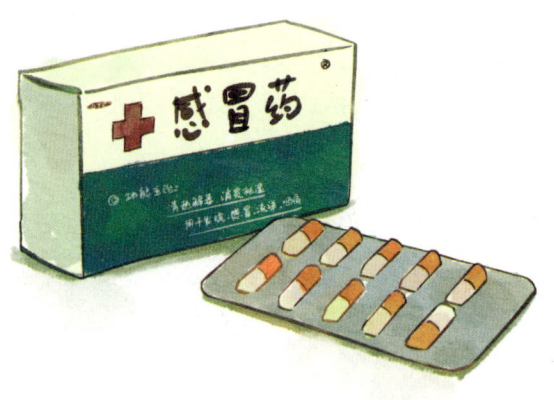

二姑躲进厨房里假装没听见。

妈妈赶紧给资深妈妈梁鹏打电话,求其支招。

"都40摄氏度了,得马上服用退烧药。家里应该有美林吧?别慌,高烧正常。小孩子,烧得快,退烧也快。"梁鹏阿姨从容遥控指导。

好说歹说,桂宝坚决不吃退烧药。万般无奈,爸爸妈妈只能再度合伙,强灌。桂宝挣扎,惊叫"不要",爸爸妈妈毫不手软。很快,战斗结束。爸爸相当沮丧,自我嘲讽:往后,看你还好意思到处呼吁"儿童本位"?进而幡然醒悟:儿童本位,显然不是万能的!

很快,桂宝的体温降到了39摄氏度以下,但呼吸急促,痰音轰轰隆隆。爸爸妈妈心急火燎,赶紧带桂宝上医院。

爸爸妈妈第一次带桂宝上医院,急!忙!慌!幸亏妈妈做事有板有眼,医院各个科室基本弄得门儿清。医生听诊肺部,桂宝哇哇大哭;抽血,桂宝哇哇大哭。没想到,吃药时桂宝表示"不要灌"。妈妈只好更加耐心地哄诱:"吃了药,就把肚子里的害虫赶跑了,桂宝就不难受了。"还好这次用的是滴管,桂宝接受起来容易多了。无需再次动用暴力,爸爸妈妈长舒了一口气。诊断结果:疑似幼儿急疹,不需住院,回家观察。

唯恐桂宝反复高烧,整个晚上,爸爸妈妈都没睡踏实。

"爸爸,我盯着桂宝,你先睡吧。如果我实在支撑不了了,我就摇醒你。"妈妈眉头紧锁,嗓子沙哑。

爸爸担心妈妈不小心睡着了,赶紧上了闹钟。

两个人突然都不贪睡了，一会儿摸摸桂宝额头和手心，一会儿量体温，不知不觉，天已破晓。

"桂宝呼吸这么不顺畅，肯定非常难受。唉，要是我能代替桂宝生病就好了！"妈妈泪花闪烁，恨不得寸步不离桂宝。

"盯紧些，那是应该的。但是，没有必要两口子整夜都不睡觉啊。没听说过吗？烧长烧长！小孩发烧，既是排毒，又能增加免疫能力，还会提升认知能力呢。"另一位资深妈妈华妹淡定地提醒。

总算积累了孩子生病如何应对的经验，爸爸反倒很踏实。

因为生病，这些天桂宝就特别娇气。

"男孩子，这么娇气，怎么办？"妈妈忧心忡忡。

爸爸宽解："谁都有脆弱的时候，尤其是生病的时候。你看，我生病时还经常对你说：'给我削个水果吧！'"

"你那不是脆弱，你那是懒！"妈妈白了爸爸一眼。

爸爸哑口无言，只能干笑，只能默念："这情商……桂宝千万别随她！"

五天之后，桂宝病愈。

2015年9月3日，一大早，爸爸歪在床上刷微信朋友圈，关注关于纪念抗战胜利70周年大阅兵的各种言论。桂宝跌跌撞撞地穿过客厅，扒着床头，大声冲爸爸喊了三声"爸爸"。

这是桂宝第一次喊"爸爸"，爸爸激动得不知如何是好。

看来，烧长，没错！

爸爸赶紧发朋友圈：北京，20150903。阅兵和桂宝喊爸爸，是我必定终生铭记的两件大事。

转眼就是冬天。

据说，"冬天早上的觉，人到中年的妻，羊肉饺子蘑菇炖鸡"，最有滋味。

周六，早上六点刚过，桂宝就醒了。呼唤、摇晃妈妈，央求妈妈去客厅看他"开网约车""发快递"。

妈妈装睡，不理睬。

桂宝摁着妈妈的脸,吧嗒吧嗒亲。

妈妈只好醒来,疲惫不堪,装可怜,且装病。

"桂宝,妈妈生病了,你让妈妈睡会儿吧!乖儿子!"妈妈声音虚弱,似乎病入膏肓。

桂宝立即安安静静,好像独自去了客厅。

不多久,桂宝小心翼翼喊着"妈妈",步子很轻,好像折返回来了。

"啊,桂宝!"妈妈迅速坐起来,且惊且喜,"爸爸,你快起来看桂宝!"

爸爸以为发生了意外,赶紧爬起来。只见桂宝蹒跚着,端着半杯水,说:"妈妈,磕(喝),奇摇(吃药)!"

爸爸嬉笑着念叨:"看来,这场病,真没白生!桂宝妈妈,你的辛劳超值哦。继续努力吧,看看,桂宝多贴心哪!"

爸爸觉得,还是当妈妈划算!

玩耍记趣

两岁之前,桂宝最喜欢玩不是玩具的玩具。

远远的爸爸妈妈送了轨道玩具给桂宝。爸爸动手能力极差,照着图纸,吭哧吭哧,琢磨了两三个小时,才装配成功。然而,桂宝并不感兴趣,更喜欢玩手里那个不知在哪里捡到的破纸片。

爸爸当然很沮丧。

妈妈一直抱怨爸爸"从来没有给桂宝买过玩具"。爸爸去深圳出差,匆匆返京,忘记了给桂宝买礼物。唯恐继续遭妈妈诟病,爸爸假装是个好爸爸,在深圳宝安机场商店挑挑选选,给桂宝买了个变形金刚。看上去是一辆猩红色的越野车,拨弄遥控器，立即变化成各种武士。爸爸玩得不亦乐乎，岂料桂宝这怂孩子居然怕它。

据说，三岁之后的宝宝才喜欢玩这种玩具。爸爸觉得被那个卖玩具的漂亮小姑娘忽悠了。

两岁半之前，秋千，是桂宝爱玩的为数不多的正儿八经的玩具之一。

某一天，桂宝在小区的公共游乐场荡秋千，有个小姐姐眼巴巴地站在一旁等候。

二姑再三劝桂宝："乖宝儿，你荡得差不多了，让给小姐姐荡会儿吧？"

桂宝一直不肯让，好不容易才做通了工作。桂宝热情地招呼："小朋友，快来坐吧！"

小姐姐二话不说，赶紧坐上了秋千，荡得开怀大笑。

桂宝很郁闷,黑着脸嘟囔："谢谢都不说一个！"

只要一出门，桂宝眼里全是玩具。他总是拼命挣脱大人的手，忽东忽西，行踪不定，肆意妄为。所有的肢体语言都清清楚楚地宣告：谁都别拦着我，我要独自寻宝!

金秋又来到了奥森公园北园,处处是亮黄的秋色。遍地的小石头对于桂宝来说实在是太好玩儿了。

"爸爸妈妈,快过来呀,我敲石头给你们听呢!"桂宝一路敲敲打打,突然摔了个结结实实。哼两声,洒几颗泪,让爸爸安慰安慰,事就结了。

爸爸在心里许诺:下周末,我们还来这里玩儿。当然,前提是,爸爸千万别出差!

某一天,爸爸陪桂宝去游乐园,钻迷宫。桂宝爬高爬低,兴奋得满头大汗。不愿桂宝脱离爸爸的视线,爸爸只好拼命把自己"变"小,跟随桂宝钻进钻出。你追我赶,父子俩玩得特别特别嗨。突然,桂宝一只脚卡进了夹层防护网里,动弹不得,大喊:"爸爸,救命!"……如果没有爸爸帮忙,桂宝无论如何无法自己脱险。看来,游乐场并非保险箱。

冬天或雾霾天,爸爸妈妈别无选择,只能把桂宝圈在家里瞎玩儿。

桂宝喜欢躲猫猫,可是,爸爸妈妈都得工作,没时间一直陪他没完没了玩这种"低级"的游戏。没玩够,桂宝自然不肯善罢甘休。他一把扯过爸爸的鼠标垫,胡乱挥舞,小小的身子有节奏地扭动摇摆。爸爸忍俊不禁,赶紧喊:"你们快来看,桂宝自创了鼠标垫舞!"

爸爸在家备了一上午课,突然想起独自玩耍的桂宝。乖乖,一个乒乓球,踢啊,拍啊,扔啊,桂宝居然消磨了一上午。桂宝宅心仁厚,居然没有打扰爸爸做课件。

夜渐深,桂宝玩得不知道该玩啥了,突然扑向了床头灯。开了关,关了开,怎么制止都无济于事。一直玩到9:30,还没有睡意。爸爸第二天要出差,只好没收了台灯,正色厉声:"桂宝,你一天到晚就晓得玩这些莫名堂(四川话,"没意思、没意义")的东西,你给我老老实实在角落里待着,深刻反省!"

桂宝立即呆立不动,嘟着嘴,虎着脸,像个生闷气的小大人。

爸爸兜不住,"噗嗤"一声笑了出来,赶紧给桂宝拍照。

又是雾霾天,妈妈回学校了,爸爸在家里看闲书,偶尔照看下桂宝。趁爸爸没注意,桂宝把装积木的纸质圆桶放到电视柜上,爬上电视柜,然后,双腿歪歪斜斜地站在桶里。爸爸瞥见了,不消说,颇为紧张,不过,还算淡定。毕竟,电视柜并不高,地砖上还铺着几层柔软的地垫,即使桂宝站不稳倒下来,应该也摔不坏。于是,爸爸不动声色,赶紧拍照,发朋友圈,吐槽:这就是传说中的上房揭瓦?别善意地提醒我,还没到狗都嫌怨的时候。按照这个节奏,桂宝,你老爹得请你吃多少竹笋炒肉?

桂宝最为迷恋的玩具,当属家里各种各样闲置的插线板。桂宝将它们统统摆放在客厅里,倒过来,缠过去;插了拔,拔了插;搬到东,挪到西。爸爸想不明白,家里明明玩具堆成山,桂宝为何偏偏对这些破插线板情有独钟?莫非桂宝有电工天赋?爸爸妈妈都是正宗的文科生,难道生出了个理工男?

这得让遗传学多尴尬?

某晚,桂宝独自玩插线板,从晚上7点玩到11点,还丝毫没有睡意。爸爸妈妈都累瘫了,第二天还得早起送桂宝上幼儿园。爸爸慨叹:"如果有来生,一定得:早恋!早婚!早育!"

随着年龄增长,桂宝开始自制玩具。某一天,桂宝跑起了"网约车"。先在滑板车上挂上车牌,用绳子绑好两部废旧的手机,做好了快速抢单揽活儿的准备。接着,模仿电话铃声,有客源啦,赶紧下手,抢单成功。然后,开始电话联系,叽里呱啦说一通……那个客户估计来自外星球。看样子,对方很快和桂宝确定好了上车地点。桂宝字正腔圆地说"匝(再)见",然后笑呵呵挂了电话。最后,跟爸爸摆摆手,调转车头,接客人去啦!

爸爸乐不可支,冲着桂宝的背影喊:"儿子,收车的时候,记得给爸爸买周黑鸭回来哦!"

某天,爸爸带桂宝理发归来。桂宝立即把电饭锅的内胆扣到簸箕柄上,并在簸箕旁边放了一个小凳子，自制了一个"烫发机"。小手不停地转动电饭锅内胆，以示烫发。接下来，不由分说把妈妈从书房里拽出来，说："妈妈的头发乱七八糟的，来烫发吧，坐凳凳。"

妈妈且惊且喜，非常享受桂宝帮她烫发。

爸爸是处女座，爱整洁，曾经觉得谁家都很凌乱。而今，发现谁家都比自己家整洁。看，客厅早已变成了桂宝的杂货铺。爸爸趁桂宝跟二姑外出看稀奇，赶紧拾掇。还没清理结束，小调皮回家了。新一轮捣蛋又开始啦。好吧，爸爸只好举双手双脚投降。那就让凌乱凌乱去吧，倒是想看看，还有比这凌乱更凌乱的凌乱吗？

捡"玩具"

桂宝一出门,眼里遍地珍宝。一会儿工夫,手里便有了烟头、破纸片、石子儿、树棍儿、雪糕棒、塑料瓶……

爸爸、妈妈和二姑百般劝说,桂宝假装没听见。

爸爸、妈妈和二姑只好勉力阻止,桂宝百般抗拒、抵赖、躲、藏、逃跑、挣扎、跺脚哭闹,甚至躺地上。

爸爸万般无奈,只得巴掌伺候。简单、粗暴,但似乎最管用。

当然,所谓"巴掌伺候",不过是象征性拍了拍他的小屁股。

"打人不打脸",好像是爸爸小时候听谁说的,一直铭记。

爸爸自省:桂宝喜欢捡这些不干不净的东西玩,究竟有多大危害?有严加防范的必要吗?

爸爸在微信朋友圈请教各位资深宝爸宝妈,不承想,桂宝的这一癖好竟然具有普遍性。

"树枝、石子儿、打火机,好像每个孩子都喜欢这些小玩意儿。我觉得捡捡更健康。我家儿子以前每次出门都装满俩裤兜,我鼓励他拣好的漂亮的之后,没多久他就不捡了。"一个八岁男孩的爸爸留言。

"我女儿曾经在玩沙子的时候舔沙子,在草地上把土塞进嘴巴,把花盆里的土抓一把扔进嘴里,拦都拦不住……"一个五岁女孩的妈妈留言。

"他是对那些物品好奇,别打骂哦。试着问问他好奇什么?随身携带湿纸巾擦一擦,回家就洗手,也没什么。"一位女教授留言。

……

看来,并非桂宝不好管教,爸爸开始动摇。

周六上午,阳光透亮。桂宝在楼下凉亭里玩得那个"嗨"。突然,桂宝没了声响,僵立不动,小手别在身后,满脸媚笑。

原来,不过是捡到了一个打火机,八成新,看上去还算干净。

既然桂宝如此喜欢,爸爸不忍强夺他所爱,心一软,假装没看见。

不论是洗澡、吃饭、睡觉,还是玩别的玩具,桂宝始终打火机不离手;半夜醒来,抓到打火机,方能再次入梦。

这个小小"恋物狂"！唉！

某一天，爸爸去厨房喝水，桂宝跟着闯了进来。

厨房也是桂宝的心心念念之地，那里就是桂宝的聚宝盆。

唯恐桂宝弄出什么危险来，爸爸一直用余光观察着桂宝。

委实不可理喻，桂宝居然又看中了水壶。努力踮起脚尖，强取，似小匪徒。

桂宝已经玩坏了一个水壶，为此，爸爸还批评妈妈和二姑没有原则性。

爸爸理所当然坚持原则，坚决不允许。

父子俩都抓住水壶，谁都不撒手。

"水壶不是玩具，不可以！"爸爸虎着脸，眼神和语气都很严厉。

"给我玩会儿！给我玩会儿！"桂宝铆劲拖拽，满脸通红。

父子俩一直僵持，跟拔河一样。

突然，桂宝撒开手，主动把另一只手上捏着的打火机扔进了垃圾桶。接着,摊开手,给爸爸看。然后,迅速扑向水壶。

太出乎爸爸意料了,爸爸一愣神,心又软了,索性由桂宝去吧。

岂料,桂宝乐颠颠拎着水壶,一转身,迅速从垃圾桶里捡回了打火机。

说桂宝"老谋深算",好像并不过分。

爸爸大为惊诧,笑呵呵追着桂宝斥责:"桂宝,你人小鬼大,你当爸爸跟你一样,只有两岁多么?"

几天后,桂宝在家里玩。他把打火机放进他的百宝箱里,刚转身,打火机就爆炸了。所幸,桂宝毫发无损。

爸爸下班,刚进家门,桂宝就抱着爸爸一本正经地说:"爸爸,打火机,爆炸,危险,不捡了!"

此后,桂宝就不再迷恋捡垃圾。

看来,尊重儿童天性,还得划清边界。否则,危险就潜伏在某一次纵容里。

为了桂宝上学方便,一家人租住到了学校附近,把自己的房子租了出去。

一年后的某一天中午餐毕,爸爸牵着桂宝走向绣菊园物业楼。离开这里已经一年多了,桂宝蹦蹦跳跳,异常兴奋。

"爸爸,你的车就是在这里被小偷砸了的。"桂宝说。

"这事你还记得?你还记得什么?"爸爸颇为惊讶。

"还记得二姑推着我去超市买东西。"

爸爸再一次感到惊讶。

"那你还记不记得,那时候,二姑推你出来,你经常下地捡什么?"

"捡烟头和打火机!"桂宝哈哈大笑。

"你看,那里就有很多烟头,你快去捡嘛!"爸爸打趣道。

"不捡了。"桂宝摆摆手。

"为什么不捡?"

"太脏了!"桂宝突然停下了脚步,"爸爸,你看，那里有个打火机！"

"你想捡？"爸爸试探。

"嗯。"桂宝点头。

"打火机就不脏吗？"爸爸问。

"里面没有气了，就没有危险。"

"可是，它跟烟头一样脏，还捡不？"

"不捡了，我们走吧！"桂宝爽快地放弃了。

曾经，为了阻止桂宝捡烟头和打火机，爸爸妈妈和二姑用尽了各种花招，但都不管用。

照料海棠花

早年,爸爸在韩剧里看见一个桥段:世上有两种女人,一种是经常把买花的钱省下来买菜;另一种是经常把买菜的钱省下来买花。喜欢花的妈妈却不好归类,偶尔,她会在买菜的时候顺便买些花。

"爸爸,你看,这盆海棠花,才5块钱!"某天一大早,妈妈买菜归来,眉飞色舞地展示。

"叶子都蔫儿了,能养活?在路边小摊贩那里买的吧?"爸爸乜一眼,颇为不屑。

"你真聪明,就是路边买的。才5块钱!多便宜啊!你看,这花开得多欢,还有那么多花骨朵呢。卖花的也不容易,养不活也不心疼……"捡了个大便宜，妈妈喜不自禁。

"有个大妈不识货,专买地摊儿货！"爸爸调侃。

"桂宝，快来看妈妈买的海棠花。"妈妈喜上眉梢，扯开嗓子寻求桂宝的认同。

妈妈抱起海棠花进了主卧室，桂宝乐颠儿颠儿跟着。

"桂宝，太阳公公出来了，海棠花需要晒太阳，阳光就是海棠花的饭饭，我们把海棠花放在窗台上吧。"妈妈的声音温柔得如和煦的阳光。

有其母必有其子。桂宝大呼小叫上蹿下跳，恨不得把海棠花搂进怀里。

"桂宝，海棠花就像小婴儿哦。你还小，你不能抱她，你只能站在旁边看看她。哟，你想摸摸她呀，轻轻摸摸是可以的。不过，不能掐她哦。你掐她，她会疼！"妈妈努力降低声音分贝，温柔得像是另一个妈妈。

桂宝"哦哦哦"地叫,把地板蹦得"嘎嘎嘎"响。

"桂宝,不可以,花会疼！"妈妈声音分贝骤升，又像是另一个妈妈。显然,桂宝又开始辣手摧花了。

"妈妈很忙,你要帮妈妈照料好海棠花哦。出太阳了,记得提醒妈妈把花搬到阳台上。天黑了,记得提醒妈妈把花搬回梳妆台上哦。桂宝宝,记住了吧?"妈妈认真给花浇水,声音温柔得黏糊糊的。

爸爸窃笑。让桂宝护花,分明是与虎谋皮嘛!阳台上,爸爸养的那些草草们,不知遭了桂宝多少黑手。可能是折磨它们腻味了,现在,桂宝熟视无睹,草草们才得以恬然自安。

从此，桂宝早上一睁眼，就指着窗台嚷嚷"花花"。睡觉前，一定会记得查看有没有把海棠花搬回梳妆台。这个双子座小男孩，还真是个称职的护花工。

这盆5元钱买回的叶子打蔫儿的海棠花，居然奇迹般活下来了。那些花骨朵，竟然在卧室里次第绽放：哪管他雾霾肆虐，哪管他寒潮突降，横下一条心，给点儿阳光给点儿自来水就灿烂。

爸爸惊叹这海棠花的坚韧，赶紧将其移栽入大花盆里。海棠花似得遇明主，茂盛复茂盛，芬芳再芬芳。

第一个朋友

桂宝的第一个朋友远远,长桂宝三个月。远远奶奶是桂宝妈妈的堂姐,按辈分,远远该喊桂宝"叔叔"。虑及"儿童性",双方家长商定:远远呼桂宝"小叔弟",桂宝唤远远"小侄哥"。

桂宝三个月大的时候,小哥俩第一次见面。两个小肉团只顾呼呼大睡,谁也不理谁。并排躺床上,远远看上去足足比桂宝大一圈。未来某一天,远远或许会指着当时的合影冲桂宝夸耀:看吧,我曾经年长你一倍呢,你个小屁孩!

远远白得像白人,桂宝黑得像黑人。桂宝爸爸戏称:瞧,这黑白双星!

远远刚尿了，桂宝接着就大便；桂宝哭，远远也跟着哭；远远"咕咚咕咚"喝奶，桂宝立即"吧唧吧唧"嗷嗷待哺……几个大人围着这两个小祖宗转啊转转啊转，偌大的客厅喧闹得堪比火车站。

桂宝爸爸再一次暗自庆幸：幸亏没生双胞胎！否则，这日子怎么过？

桂宝一岁多，走路歪歪扭扭。去远远家做客，远远可以来去如风，爬高爬低，运动能力超强。远远的玩具对于桂宝来说全都具有巨大的诱惑力，小哥俩除了偶尔抢玩具，总体说来相当和谐。

两大家人去餐馆吃饭，远远和桂宝手牵手，嘻嘻哈哈，完美诠释了"两小无猜"。两个小家伙个头差不多，从背影看神似双胞胎，惹得路人频频驻足、欣羡。

看来，两个小家伙气场比较搭，家长们更是笑逐颜开，笃定："往后要多走动走动。""正好找个伴儿，不然太孤独了。"

桂宝家住北五环，远远家住西南三环，相距

25公里。为了增进小哥俩的兄弟情谊,两家人时常拨冗欢聚。有了孩子,家庭交往自然就增加了新的内容。陌生的成年人擦肩而过,大多冷眼冷脸,视彼此为空气。孩子一出现,言语交流自然就顺畅了。看来,孩子不仅仅是家庭的纽带,还是社会交往的枢纽呢。

2017年春节期间,两家人结伴自驾游。从北京坐高铁到苏州,然后租了辆七人座商务车,穿梭于吴中腹地。远远说话已相当利索,桂宝只能从嘴里蹦单字、单词,但也能奔跑了。一见面,两个小人儿激情相拥、大喊大叫,似久别重逢。一会儿看不见对方,便念叨着对方的名字,满世界寻找。洗澡,一起洗;睡觉,一起睡;吃饭,一起吃;大小便,也得凑一堆儿。远远爸爸抱远远,桂宝立即"叽里哇啦"求远远爸爸"抱抱"。远远爸爸年轻、有劲儿,抱两个娃相当轻松。反过来,桂宝爸爸抱两个娃就累得龇牙咧嘴。七人流连太湖边、瘦西湖畔,处处都惹人注目,常被问询:"是双胞胎吧?"桂宝爸爸拥着俩淘小子合影,兵强马壮的威猛感从心底直蹿出来。

然而,俩淘小子很快就将"相爱"演变为"相杀"。抢"爸爸"的战争刚结束,他们便开始抢对方拥有的一切玩具。俩小人儿"坏"心眼儿都不少。一个冷不丁儿拿出自己的玩具,往对方眼前一晃,快速藏到身后,满脸凛然之气——"坚决不给!"抱着玩具的另一个,偏偏禁不住撩拨,撂下自己的玩具,扑过去。一个跑,另一个追。气喘吁吁,终于追上了,一场玩具争夺战彻底爆发。撅着小屁股,咬牙切齿往自己怀里拉拽,还伴着尖叫声和哭嚷声,两个孩子与两只争抢骨头的小狗无异。起初,家长们觉得孩子的事该由孩子自己解决,虽心急如焚,但仍袖手旁观。岂料,战火迟迟不停,家长们无法淡定了,只好出面干预。讲道理,显然是对牛弹琴。万般无奈,只好强行拉开。两个蛮小子,竟相号哭。路人纷纷侧目,家长们手忙脚乱,相当汗颜。

无锡灵山大佛足下,桂宝捡到了一个矿泉水瓶,远远立即扑上来抢。跑,追,俩淘小子跑起来快得跟兔子似的。桂花树下,小哥俩狭路相逢,近身肉搏。几天来,两人都积累了不少战争经验,自动学会了绕开掩体攻击本体。家长们自然忧惧他们因抓挠挂彩,赶紧干预,强行以成人规则评判:"谁先捡到的归谁。"获胜方自然洋洋得意,判负者捶胸顿足,哭喊得撕心裂肺。家长们都不忍心,却又爱莫能助。一直远远地关注着事态进展的那位清洁工大妈,赶

紧从垃圾筐里拿出了几个矿泉水瓶送了过来。剧情陡转，获胜方突然抱着矿泉水瓶跑到吃亏者跟前，把瓶子塞进对方怀里，慷慨地说"给你"。满园的哭声立即寂灭，家长们长出一口气，哭笑不得。

夜宿无锡市，住42楼。远远来串门。小哥俩手牵着手，贴着巨大的落地窗，看璀璨的夜景，指指点点，叽里呱啦，相当融洽。没多久，不知是谁发现房间里有保险柜，两人乐此不疲地按按钮，只为听见那"哔哔哔哔"的电子音响。谁先按，谁后按，争执不下；我能按，你不能按……于是，你揪我扯，你抓我挠，新一轮肉搏迅速开始。

桂宝爸爸正欲干预，突然，桂宝冲出衣帽间，气咻咻地指着门口，面红耳赤地嚷嚷："远远，出去！"桂宝爸爸和桂宝妈妈惊呆了，四目相对，随即忍俊不禁。

离京前，远远爸爸低声对桂宝爸爸说："远远最近有动手的坏习惯，得看着点儿！"远远应该是率先进入了第一个"心理反抗期"(俗称"打打期")，桂宝爸爸并不在意。

扬州个园，曲径通幽。春节将至，游客稀落。桂宝前面跑，远远后面追。一边追，一边扬手打。追上了，打着了桂宝的头。桂宝有点儿懵，继续跑。远远接着追打，又打着了。可能有点疼，桂宝咧了咧嘴，想哭，接下来，开始反击，猛地抓挠。桂宝手重，远远的小脸立即有了血痕。家长们自然都心疼，但理解万岁，丝毫不影响游玩兴致。

敢与西湖竞芳，瘦西湖果然名不虚传。山寒水瘦，四处是冷艳的黑白灰三色。二十四桥停泊在杜牧的诗句里，与我们不止隔着一个唐朝。谢天谢地，桂宝和远远在瘦西湖畔相亲相爱，不再手足相煎。然而，熊孩子终归是熊孩子，玩累了，倒头就睡，哪管天塌地陷。天色已晚，园里了无人声。两对父母轮番扛、抱、背，各种不易。终于出了瘦西湖大门，狼狈不堪自不必说。远远爸爸去停车场开车，两位妈妈搂着熟睡的娃娃坐在寒风中等车来接。桂宝爸爸闲极，拍照发朋友圈，大发没用的感慨："今夜应有冷月,杜二姜夔来来来,一同喝喝喝!"

携妇将雏,7天自驾游结束。累,不必说;乐,更无需赘言。回到常熟老家,远远的爷爷奶奶亲自下厨,为远行归来的大大小小接风洗尘。桂宝自来熟,不拿自己当客人,肆无忌惮跟远远抢爷爷。远远气急,竟然学会了"以其人之道,还治其人之身",猛地将桂宝的小脸抓破了皮,桂宝的小脸顿时血糊糊的。远远的爷爷奶奶爸爸妈妈非常歉疚,桂宝的爸爸妈妈肯定心疼,但仍表示"不要紧,过两天就好了"。桂宝属疤痕体质,三个月后,还残留着清晰的抓痕。

春节过后,桂宝的语言能力突飞猛进。桂宝和远远重逢,暑假已过半。小半年不见,彼此不但记得对方,还相当熟络。头天晚上,桂宝临睡时还唠叨:"远远哥哥怎么还不来呀?"见面后,两人亢奋地呼叫,发死力相拥,手拉手,蹦蹦跳跳,嘻嘻哈哈。家长们自然不会被这三分钟的和谐所麻痹,寸步不离,防患于未然。不承想,整个上午,小哥俩形影不离。我想着你,你惦记着我。我的是我的,也可以是你的。一个磕着了,另一个赶紧问"疼吗"。一个吃吃喝喝,必定想着和另一个分享。画风巨变,家长们大跌眼镜,难以置信。洗心革面,痛改前非,端的是为哪般?为了不强化"打打打",桂宝的爸爸妈妈并没有正面教给桂宝"不要……不要……"等道理。知性的远远爸爸妈妈肯定也明白。这娃娃的世界,大人们确实似懂非懂!

桂宝和远远去游乐场玩,两人竟然心照不宣结成了小团体。一起玩玩具,不争不抢;一起搞恶作剧,心有灵犀;一个人摔倒了,另一个人赶紧伸手援助;一个没跟上,另一个赶紧停步回头等;别的小朋友冲过来抢玩具,两个人立即同仇敌忾,坚决捍卫主权;不需要眼巴巴渴求被谁接纳,两个人互助结盟,自给自足,自得其乐。坐跷跷板时,这两个熊孩子硬是不动声色挤走了另一个无辜的孩子。没有谁教他们"坏",他们怎么就"不纯粹"了?破译儿童心灵的密码,确实是一条无极之路!

某一个周末,双方家长约定让两孩子一起玩。一大早,桂宝就嚷嚷着给远远打电话、发起视频聊天。

"远远,你想我了吗?你怎么还不过来呀?我好想你啊!"

"好久不见了啊!你在干什么呀?"

....

两个小不点儿,居然一本正经煲起了电话粥。家长们站一旁围观,偷笑。

自此,桂宝从早到晚嘴上挂着"远远"。

"远远也洗澡吗?"

"远远也刷牙吗?"

"远远也听故事吗?"

"这个蛋糕给远远留着!"

"这个小汽车我要和远远一起玩!"

桂宝升入小班后,有了皮皮、豪豪、木子等好朋友。放学后,他们经常一起玩。桂宝动不动就对他们说:"我有一个好朋友叫远远!"

某一天,妈妈问桂宝:"明年,你过生日,想邀请谁来家里做客?"

桂宝不假思索:"远远!"顿了顿,"还有远远的爸爸妈妈……还有……"

所谓"发小",就是一起长大的好朋友。愿桂宝和远远茁壮成长,不是兄弟,胜似兄弟!

小管家

1

桂宝刚满一周岁,一不小心就会走路了。可以自由支配自己的身体,桂宝立即显露出"小管家"本色。看来,管闲事,是桂宝的特长。他尤其喜欢快递小哥敲门,不管送啥,首先得由他检查。只要一睁眼,便"呵呵""嘻嘻""哈哈"。除了开心,还是开心。

无师自通,桂宝突然迷上了买东西。每当路过楼下的包子铺,桂宝就驻足。

"二姑,我可以买包子吗?"桂宝眼巴巴地看着二姑,生怕遭拒。

二姑忍俊不禁,点头同意。

桂宝大声喊:"老板,我买六个包子。"

老板笑得跟桂宝的亲朋好友似的,用力探出脑袋,说:"嘻,才多大点儿的孩子,就会买东西了?"

桂宝跟着二姑去菜市场买鱼,排队的人特别多。桂宝不管不顾,高声喊:"老板——老板——"排队的人大多咧开嘴,偷着乐。

卖鱼的师傅好像没有听见,桂宝继续喊"老板——",一声高过一声,总算把老板叫到了跟前。

"老板,我要买三昌鱼!"桂宝咂巴着嘴,一副小吃货样儿。

"三昌鱼?"老板侧耳,一脸茫然。

"买武昌鱼!"二姑赶紧救场。

鱼摊儿前一片哄笑,桂宝也跟着傻乐。

买好鱼,桂宝主动请缨:"我要拎鱼回家。这三昌鱼,是我买的!"

小管家,放心吧,没人敢跟你抢。抱着抱鱼的娃娃,二姑的负担没减轻丝毫,但还得跟你说"谢谢"呢。

2

一大早,爸爸准备出门做讲座,可怎么也找不到一份重要的文件。一边问妈妈,一边囫囵地翻翻找找,满脸焦虑。

桂宝已经穿戴整齐,准备跟妈妈去上幼儿园。看到爸爸的窘境赶紧折回来,蹿到爸爸面前,歪着脑袋,瞅着爸爸的脸,严肃地说:"爸爸,你别难过!"

爸爸立即藏起了脸上的焦急,拍拍桂宝的小脸,笑着说:"乖儿子,没事的,肯定找得到,爸爸不难过!"

要紧的东西没找到,爸爸还是笑盈盈跟着桂宝出了门。桂宝的安慰,无疑是爸爸获得的意外奖赏。

某天,妈妈找不到婚戒了,坐卧都不得劲儿,干什么都打不起精神,冷不丁儿就唠叨:"我明明放在那个漆盒匣子里的。"爸爸不经意间找到了,心想机不可失,赶紧严厉批评妈妈毛手毛脚。失而复得,妈妈差点儿感激涕零,任由爸爸挤兑。

桂宝停止了涂鸦,把妈妈拉到爸爸跟前说:"妈妈,你快跟爸爸说'谢谢'。"

爸爸妈妈愣住了。旋即,爸爸一把抱起桂宝,用力亲了一口,拖长声音说:"桂宝,在我们家,某女士的谢谢金贵着呢!"

"谢谢您,张先生!"妈妈捏着戒指做了个夸张的表情,"弄丢了婚戒,我自己都不会原谅自己的。"

"爸爸,妈妈跟你说'谢谢'了,你表扬妈妈吧!"桂宝伸手要妈妈抱。

这小管家,什么时候学会安慰人了?

转天,爸爸妈妈带桂宝去理发。出门前,桂宝突然问:"二姑,你也去吗?"

"我想去,可是,我要在家煮饭。"二姑假装不开心。

桂宝立即抱着二姑,轻轻拍着二姑的腿,说:"二姑,没关系啊,下次一起去吧!"

3

忙忙叨叨,爸爸准备去讲课,来不及吃晚饭,一边手忙脚乱收拾课件,一边问妈妈:"有candy吗?"

爸爸血糖偏低,出门必随身携带糖果。为防止桂宝嚷嚷着"吃糖糖",只好说英语。

"我这就给你找。"妈妈心领神会。

桂宝立即停止了游戏,追着妈妈问:"candy是什么?"

"是抹布。我给爸爸找块抹布。"妈妈赶紧敷衍。

桂宝"哦"一声,说:"我知道抹布在哪里,我帮爸爸找!"

眼看无法掩桂宝的耳目,爸爸只好壮着胆子不带糖出门。爸爸出了门,妈妈抓了一把糖追了出来。

"妈妈,你给爸爸糖啊?"桂宝也追了出来,"爸爸,给,再拿些糖吧!你饿了!来不及了吗?那你打出租车去吧!"

爸爸妈妈相视一笑,欣慰之余有些尴尬。

爸爸裹着满满的幸福走进电梯,不禁嘀咕:"桂宝,这糖,爸爸肯定不好意思吃了!从西门打出租车到东门,亏你想得周全哇!谢谢你,小屁孩!谢谢你,小管家!"

4

二姑提前回四川过年,妈妈只好亲自下厨。

两三年没怎么和厨房打交道,妈妈两眼一抹黑。

"桂宝,你知道二姑把盐放哪儿了吗?"

桂宝颠颠儿地进厨房,快速找到了。

"桂宝,你知道二姑把料酒放哪了吗?"

桂宝颠颠儿地进厨房,又快速找到了。

"天哪,桂宝,你居然认识料酒?"妈妈惊讶得眼珠子都快掉出来了,"桂宝,你知道漏勺在哪吗?"

"昨天,我不小心把它玩坏了。"桂宝说。

"你就知道玩这些厨具,好端端的玩具你不玩。不过,妈妈还是要表扬你,你敢于承认。"妈妈赏罚分明地说。

每当二姑做饭时,桂宝就安静地坐在台面上观看,所以对厨房了如指掌。

爸爸赶紧走到厨房门口,大发感慨:"桂宝,你爸爸不喜欢做饭,但看起来,你将来很有可能成为大厨!"

"不愿意下厨房的'老爷',少说风凉话,待一边儿去!"妈妈挥舞着锅铲揶揄。

午后,桂宝吃得心满意足,满屋子晃荡,即兴唱:"我有一个家,幸福的家。爸爸妈妈还有我,从来不吵架。爸爸去赚钱,爸爸去打羽毛球……妈妈管着他!"

爸爸接着唱:"桂宝也管着爸爸。我们家里妈妈是女王,我们坚决拥护她!"

臭小子,不愧是小管家,心如明镜,啥都逃不过他的眼睛,啥都往心里去。

为了桂宝上学方便,爸爸妈妈忍痛把自家的房子租了出去,然后,租住在学校附近。

很快,住了多年的家就搬空了。

"空调不带走吗?……不带走吗?……不带走吗?这是爸爸买的房子呀,怎么舍得给别人?"桂宝站在空荡荡的客厅里,自言自语。

妈妈的眼圈立即就红了。

爸爸抱起桂宝,戳了戳他的嘟嘟脸,笑着说:"桂宝,你不但是个小管家,你还是个小守财奴,随谁呢?"

黏爸爸

1

两岁之前,桂宝不怎么黏爸爸。

黏爸爸,一定是因为外出。或牵,或抱,或跟在谁后面当跟屁虫,爸爸始终是桂宝的第一选择。兴许因为爸爸会开车,跟着爸爸更有安全感?

两岁之后,桂宝开始黏爸爸。

吃饭,挨爸爸坐;睡前,要爸爸讲故事;搭积木,让爸爸当观众。

"爸爸,你干什么呢?爸爸,我们玩什么好玩的呢?"桂宝撵着爸爸的脚步没话找话。

爸爸上厕所,桂宝也跟着,还抢先一步,嚷嚷"我也要嘘嘘"。

爸爸洗澡,桂宝蛮横闯进来,撩开浴帘说:"爸爸,你光屁股,羞羞!"

"桂宝,你偷看别人洗澡,你才羞羞呢。你快出去!偷看别人的光身子,非常不礼貌。而且,你也不能让别人看你的光身子!"爸爸赶紧背转身,提醒桂宝。

桂宝根本不理会,执着地观看"洗澡现场直播"。沉默了一会儿,他像是发现了新大陆,惊呼:"爸爸,你腿上长草了,这是怎么回事?"

爸爸忍住笑说:"不是草,是汗毛。等你长大了,你腿上也会长汗毛。汗毛是保护皮肤的。"

桂宝"哦"一声,转身走出去,吃力地拉上了卫生间的门,小声嘟囔:"看别人的光身子不礼貌!你们谁也不能偷看爸爸洗澡!"

"桂宝,你防谁呢?就你闲得没事干!守着门干什么?快去搭积木吧!"妈妈"呵呵"笑着拉走了桂宝。

2

每当爸爸剃胡子,桂宝立即凑过来,仰着头,踮起脚尖,目不转睛,满眼迷惑,满脸好奇。

"爸爸,你不疼吗?像割草机一样!"桂宝下意识摸了摸自己的小脸问,声音怯怯的,坠着揪心和忧心。

"不疼,胡子跟头发一样。桂宝,你理发,是不是也不疼啊?头发里没有神经,所以,用剪刀剪,也不会疼的。"爸爸说。

"哦,我明白了。"桂宝夸张地应承着,"爸爸,为什么你的脸上会长草,我的脸上就不长呢?"

"这不是草,是胡子。你长大了,就会长胡子。桂宝,胡子不好看吗?"爸爸微笑着说。

桂宝迟疑着低声说:"不好看。"突然,提高了嗓音,"爸爸,妈妈已经长大了,为什么不长胡子?"

"因为妈妈是女人,只有男人才长胡子。桂宝是男人还是女人?"爸爸"噗"一声笑了。

桂宝斩钉截铁地说:"我是男人!"

"所以,你不能上女厕所!妈妈换衣服,你要背过身去!"爸爸适时教导。

"还有,妈妈洗澡,不可以推门进去。"桂宝抢答,"爸爸,我可以跟你一起洗澡吗?"

爸爸顿了顿说:"现在可以。等你长大了,会自己洗澡了,你就不要跟爸爸一起洗澡了。"

"自己的事自己做!"桂宝开始举一反三。

"你这个小人精,啥都明白,就是行动上跟不上!"妈妈路过,随手戳了戳桂宝的小脑袋。

爸爸下班回家,可能着了凉,胃不舒服。躺床上,没动静。

桂宝满屋子折腾,一刻不停歇。

"桂宝,你看看你爸爸去,问问他怎么样了?"妈妈在客厅里喊。

桂宝风风火火跑到爸爸床边,伸手摸了摸爸爸的脸说:"好像又长草了?"似乎不确定,俯身捧起爸爸的脸,用力贴着自己的脸,皱着眉头又说:"像刺一样!"

"桂宝,妈妈是让你来看爸爸长胡子没有吗?"爸爸忍俊不禁,感觉胃舒服多了。

3

按照约定,今天该爸爸陪桂宝。一大早,妈妈躲进办公室里工作。桂宝找不着妈妈,把爸爸拉到照片墙前,看着满墙照片不说话。

"桂宝想妈妈了?"爸爸柔声问。

桂宝点点头,猛然号啕,然后扑进爸爸怀里,30秒后,破涕为笑。

爸爸有一点点动容,不禁感叹:"母子连心,没妈的娃娃可怜。爱娃娃,更得爱娃娃的妈!"

爸爸背着包,包里装满了吃的喝的和日用品,一手拎滑板车,一手牵着桂宝,嘻嘻哈哈出门逛校园。还在寒假中，偌大的校园冷冷清清，好像只有父子俩。俩人尽情你追我赶，咋咋呼呼，反正不会妨碍谁，也不担心被谁妨碍。

"爸爸，预备——起跑！"桂宝喊。"我来追你啊！"

桂宝驾驶滑板车，很快超过了爸爸，扭头得意地说："爸爸，你输了，我是第一名！"

轮到爸爸追桂宝。桂宝风驰电掣，间或扭头观察爸爸，笑得流口水，大声嚷嚷："爸爸，加油！"爸爸故意追不上，桂宝放慢车速，说："你快跑吧，这次，我让你得第一名！"

"嚯嚯，这孩子！"爸爸笑盈盈，颇感欣慰，"不必永远争第一，也不可能永远得第一！"

父子俩一起打扫办公室。拖地、扫地，还有浇花，桂宝全程参与。当然，纯属捣乱、添乱。反正是打发时光，爸爸听之任之，努力不嫌弃桂宝碍手碍脚。

十来天不见，窗台上的蝴蝶兰悄悄地全开了。父子俩数了又数，总共七朵。

"桂宝,开了几朵花?一会儿告诉妈妈啊!"爸爸问。

"三朵。"桂宝犹犹豫豫。

"我们再数一遍,一、二、三……七。桂宝,我们最后数的那个数是几?"爸爸竭力耐心,满眼期待。

"八!"桂宝说。

"是八吗?"爸爸忍不住提高了声音,"是七呀!"

桂宝一脸不自在。爸爸赶紧缓和了语气说:"算了,不数了。是八朵,还有一朵没开呢。走喽,我们去合作社买东西去喽,然后,找妈妈,一起回家吧!"

走出主楼,爸爸忍不住嘀咕:"桂宝妈妈说,当年高考,她数学考了 138 分呢。不是说男孩的智商完全遗传自妈妈吗?"

早些年,爸爸买洗衣粉,习惯性不记得要买"活力几八"(原来是"活力二八");买牙膏,想不起是要买"几面针"(事实上是"两面针")。

桂宝突然提醒爸爸:"我们去买三昌鱼回来吃!"

爸爸一本正经地问:"三昌鱼,是啥鱼哦?"

"三昌鱼就是三昌鱼啊!"桂宝似乎不屑回答,"爸爸,记得要去'三炮医院开药'。"

爸爸终于忍不住笑喷了,说:"桂宝,要是'二炮医院'的医生知道了,一定得哭晕!"

看来,爸爸的遗传基因太强大了!这娃,绝对没在医院抱错!

4

临睡前,父子俩蜷在沙发里读绘本。

桂宝把小脚丫举得高高的,快伸进书里了。

爸爸拍了拍桂宝的小脚丫,笑着命令:"放下,臭死了,离爸爸远点儿!"

桂宝笑眯眯地抱怨:"爸爸,你嫌弃我!"

爸爸忍俊不禁，一把抓过桂宝的小脚丫，吸了吸鼻子，说："那好吧，爸爸闻闻，臭香臭香的！"

桂宝收敛了笑容，冷冷地说："还算有良心！"

"谁没良心了？你这小屁孩，你再把脚丫子凑近点儿，爸爸保证揍你！"爸爸笑得合不拢嘴。

一大早，桂宝醒来，搂着妈妈"发嗲"。

爸爸说："桂宝，爸爸也需要拥抱。"

桂宝果断拒绝，说："我只跟女人拥抱，不跟男人拥抱！"

爸爸妈妈同时"笑喷"。

"这个，要记下来。"爸爸说。

"这个不要记下来，这个不好！"桂宝说。

爸爸妈妈哑然。

"这个，还有这个，都记下来吧！"桂宝说，"爸爸，你小声说：'我儿子乖'！"

5

老同学聚会,爸爸微醺。

晚上9:30,桂宝来电,奶声奶气地问:"爸爸,你啥时候回来?我等您讲故事呢!"

爸爸立即裹着浑身酒气回家,桂宝欢天喜地。

"桂宝,爸爸臭不臭?"爸爸踉踉跄跄。

桂宝抱着爸爸闻了闻,说:"不臭!哦,有一点点臭!"

"还不臭啊?还真把你爸爸稀罕得不行!"妈妈递了杯温水给爸爸,酸酸地笑着。

酒劲上来了,爸爸躺着不能动。

桂宝一直守在爸爸床前,不停地问:"爸爸,您怎么了?"

妈妈忙进忙出,小声提醒:"你爸爸喝多了!时间不早了,妈妈要洗澡。桂宝,你搬个小凳子,守在爸爸身边,问他需要什么帮助。"

桂宝乖巧照办,隔一会儿就问:"爸爸,您需要什么帮助啊?"

爸爸没力气说话。

"爸爸睡着了,谁给我讲故事呀?谁给我讲故事啊?"桂宝碎碎念。

妈妈在卫生间里大喊:"桂宝,你等会儿,妈妈洗完了,我们躺床上,妈妈给你讲!"

爸爸爽约了,相当惭愧。

入托初记

1

爸爸妈妈都不坐班,还有二姑专门照看,才两岁零两个月的桂宝是否有必要入托?

提前半年,妈妈咨询了有经验的宝爸宝妈,获得的经验大致可分为两类:

一是"完全没有必要送"。理由是,孩子还那么小,幼儿园照看得哪有家里精细?更何况家里有人手。强行把这么小的孩子扔到陌生的地方,可怜。而且,强化了孩子的分离焦虑,孩子容易上火、生病。

另一类是"送送看,反正早晚都得送去"。孩子在家里也是玩，送到幼儿园里玩的花样更多，老师比家长更有经验。北师大实验幼儿园"高大上"，不去上，浪费资源。孩子实在适应不了，再说。

爸爸妈妈再三斟酌，达成一致：送送看。

爸爸妈妈带桂宝入园报名，桂宝被分到婴（二）班，学号是25号，属于年龄偏小的那拨儿。

第一次见到那么多小朋友，桂宝非常兴奋，"咿里哇啦"没个完。而且，很快就迷上了幼儿园里的各种游玩器具，执着且贪婪。

爸爸妈妈一直惴惴不安，小心翼翼地与班主任晋玉波老师交谈。

"孩子还不怎么会说话，能上学吗？"爸爸面带愧意。

"没有问题！"晋老师和颜悦色，斩钉截铁，像邻家大姐。

妈妈红着脸小声说："孩子还不会自己上卫生间，还穿着尿不湿，能上学不？"

"没有问题！"晋老师依旧和颜悦色，依旧斩钉截铁。

爸爸眉开眼笑,掏心掏肺地说:"不好意思,会给你们添很多麻烦。"

"这是我们应该做的。没有关系,我们会想办法训练孩子。"晋老师笑得很有亲和力。

一上午,爸爸妈妈见到的每一位老师都和颜悦色,且声音甜美。

实在找不到不放心送桂宝入托的理由。是的,迟早都得送。爸爸妈妈咬牙决定:放胆送!

整个上午,桂宝在幼儿园里玩得浑身冒汗,根本不想回家。

漫漫求学路,这个头,看似开得相当完美。

2

第二天下午,桂宝正式入园。

头天下午,幼儿园召开入托家长动员大会。爸爸妈妈双双参会,听得格外认真。

"家长们首先得做好心理准备,其实,很多时候是家长舍不得离开孩子。明天你们与孩子分别的场面会相当'惨烈'。孩子哭爹喊娘,家长眼泪汪汪……我们不建议一大家子都来送。或者说,谁跟孩子不亲,就让谁来送。把孩子交到老师手上,扭头就走,千万别回头,千万别犹豫!把孩子交给我们,请家长们尽可能放心吧!"园领导耐心地告诫、劝慰和建议。

爸爸妈妈被"煽动"得两眼酸涩。

妈妈红着眼睛说:"孩子他爸爸,明天你送桂宝入园吧!"

"你比我心细,还是你送吧。万一我忘记了老师布置的作业呢?再说了,我最适合干开车之类的粗活儿!"爸爸坚决推诿。

讨论的结果是:必须、肯定、当然是爸爸送!

爸爸记住了老师提供的秘笈:把桂宝交给老师,扭头就走,坚决不回头!

"我就当桂宝是充话费送的!"爸爸还即兴

发挥。

妈妈瞪了爸爸一眼,心意沉沉,不愿多费口舌。

3

下午和晚上,以及第二天上午,爸爸妈妈和二姑得空就诱导:

"桂宝,幼儿园里有好多小朋友,好好玩儿呢。"

"幼儿园里有好多好多好玩儿的玩具呀!"

…………

桂宝被煽动得猴急猴急,总是嚷嚷着立即就去幼儿园。

吃过午饭,爸爸困极,歪床上迷糊。

桂宝着急去幼儿园,用力挠爸爸的脚板。爸爸装睡,不予理睬。桂宝急得大哭,爸爸只好立即起床。走,上学去。第一天,坚决不迟到!

一上车,桂宝就睡着了。爸爸停好车,还有5分钟就该进教室了,桂宝睡得正香。

爸爸只好摇醒桂宝,说:"桂宝,醒醒,该上幼儿园了哦,好多小朋友都到了呢。"

桂宝揉揉眼睛,"哦哦哦"地应承。

爸爸牵着桂宝刷卡进园,妈妈居然跟了过来。

二十多年前,爸爸路过这里,时常羡慕在这园里嬉戏的孩子。

十多年前,爸爸路过这里,时常羡慕那些牵着孩子的家长。

今天,爸爸牵着桂宝走进这里,感恩所"有"。

门口,人车混杂,哭声汹涌。

一个年轻的爷爷在偷偷抹泪。

一个年轻的爸爸在冲谁嚷嚷:"说那么多管啥用?赶快离开啊!"

……………

爸爸唯恐桂宝被这种气氛感染,抱起桂宝跑向婴(二)班。

天哪!婴(二)班门里门外,尽是哭声,撕心裂肺叠加着撕心裂肺。

爸爸立即两眼酸涩。还好,桂宝居然很淡定。

晋老师笑盈盈询问了桂宝的姓名,爸爸赶紧"交货"。

没心没肺的桂宝居然热情地扑向了晋老师。

"哎哟喂,宝贝儿,真有你的!"晋老师喜出望外,笑嘻嘻地说道。

爸爸泪花点点,赶紧下楼。碰见几个熟悉的家长,匆匆挥挥手,不敢开口,亦不好意思抬头。即将走出园门,爸爸扭头瞥一眼那幢彩色的小楼,听见了满楼的哭声。

爸爸好像听到了桂宝的号啕。三个小时呢，桂宝嗓子会哭哑吗？

爸爸突然很同情幼儿教师，一堆娃娃哭喊着找爹要妈，她们的神经是啥材料做的？

爸爸妈妈回到车里呆坐，好半天都不说话，好像把桂宝弄丢了。

"早晚都得送去，没关系，熬三个小时，就去接他。"爸爸自言自语。

妈妈只能"嗯嗯"地答应着，泪水盈满眼眶，强忍着不让它流。好半天，才叹息一声："养个孩子真不容易！"

16：30，爸爸妈妈去资产处处理琐事。路过幼儿园，透过窗帘，正好看见晋老师抱着桂宝在二楼窗前转悠。桂宝显然哭累了，趴在晋老师的肩头。爸爸赶紧举起手机，拍下了窗口转悠的身影。

"拍啥拍？没见他哭成啥样了？"妈妈冲爸爸发无名火。

"嘻！你……"爸爸苦笑。

说好了的，爸爸负责接送。妈妈出尔反尔，要求亲自去接。

爸爸说："你去接，可以。但是，我不希望看见你们俩哭兮兮地来见我！"

爸爸沿着铁栅栏转到彩色楼旁边，望着二楼窗口，晋老师还在搂着桂宝转悠。

爸爸默念：老师，谢谢您！桂宝给你们添麻烦了！

没多久，妈妈抱着桂宝，开开心心地出了园门。

很明显，桂宝眼睛哭肿了。

回到家，二姑搂着桂宝心疼地说："桂宝都哭瘦了。要是我自己的娃儿，我就不送过去，太小了。"

妈妈神情忧郁，说："孩儿他爹，你怎么这么淡定？我不想送……桂宝去……"

爸爸瞪了妈妈一眼，妈妈赶紧打住。

爸爸暗自嘀咕："我，哪有那么淡定？明天，还送吗？"

4

第二天入园路上,桂宝还是在车上呼呼大睡。昨天哭肿了眼睛,可他还是愿意去幼儿园。

一路上,爸爸妈妈碎碎念,互相鼓励:"早晚都得送出去,没事!"

迄今为止,爸爸妈妈在如何养育孩子的问题上还没有发生过争执。

好不容易弄醒桂宝,爸爸牵着桂宝到了婴(二)班门口,桂宝挣扎着不肯进。

爸爸毫不犹豫地把桂宝硬塞给了晋老师,然后扭头就跑,好像扔出去的是一个烫手山芋。前一天的各种难受统统没了,看来,爸爸还不够痴情。

爸爸匆匆返回办公室,争分夺秒地看书、做课件。桂宝把爸爸妈妈的时间分割得零零碎碎,爸爸妈妈只能在桂宝不制造干扰的空隙里用功。当然,爸爸妈妈从来没有后悔过让桂宝来"捣乱"。所谓"痴心父母古来多",是也。

接桂宝时，爸爸不由得脚下生风，多年不见的急切不期而来。这个小人儿，这个"大麻烦"，施了什么魔力，竟然轻而易举就把爸爸妈妈的心给紧紧揪扯住了？

爸爸抱起桂宝，好像失而复得。只一瞬，爸爸懂得了血肉相连，幸福感扑面而来。

"桂宝今天情绪不稳定，哭哭，停停；停停，哭哭……巡视的邱守园长刚才还抱着他在院子里溜达。"晋老师说。

爸爸妈妈知道，桂宝想离开教室找爸爸妈妈。难过，立即在心里蹿升。

也真难为老师们了！爸爸妈妈对老师们的谢意中混杂着愧意。

已经哭了好几天了，不能让桂宝白哭：反正都得送，反正都得哭，哭哭，就适应了。因此，爸爸妈妈还是决定，继续送桂宝入园。

"桂宝，你少哭一会儿，好不好？宝贝儿！哭多了，要上火。爸爸妈妈离你很近，你不要害怕……"

妈妈搂着桂宝絮絮叨叨。

晚上，爸爸妈妈收到了婴（二）班老师抓拍的桂宝在园里的活动场景。25个娃由8个老师看护，应该说是顶级配备了。可是，看着桂宝和其他娃娃脸上忧郁的神情，爸爸妈妈怎么都觉得他们相当可怜！

5

今天，爸爸送桂宝入园，桂宝相当抗拒，揪扯着爸爸的衣服不撒手。爸爸几乎是掰开桂宝的小手，才得以脱身。跑到一楼，还能听见桂宝的号啕。

唉！

放学的时候，妈妈去接桂宝。妈妈给爸爸打电话，说桂宝今天自己在班上玩了一个多小时，只是吃饭时有点儿情绪。爸爸喜不自禁，就像是获得了意外惊喜，忍不住夸赞："好小子，有进步，老爸安心上课去也。"

时间飞快,桂宝入园已20天了。

桂宝每天倒是愿意去"上学",但一到教室门口还是会哭,抑或哼哼唧唧。不过,桂宝的进步确实不小:摘掉了尿不湿,基本上不尿裤子了;能自己吃饭(据说很能吃);会用杯子喝水;愿意和陌生的小朋友玩,不害怕不熟悉的大人……

6

午后,桂宝睡得香香甜甜。桂宝应该两点入园,但已经 2∶20 了。犹豫再三,爸爸还是决心把桂宝唤醒。

听说是上幼儿园,桂宝"噌"地坐了起来,揉揉眼睛说着"哦哦哦"。很快,桂宝缓过神来,张口喊妈妈。

"妈妈在开会呢。一会儿来接你。"爸爸赶紧抱起桂宝。

乖娃娃,居然没有号啕,出奇地平静。

让喝水就喝，叫穿鞋就穿。桂宝确实乖巧，爸爸不忍骗他，只好柔声相告："爸爸马上送你去幼儿园，那里有好多好吃的好玩的，两个小时后爸爸和妈妈一起来接你。"

桂宝"哦哦哦"，使劲儿点头。

爸爸抱着桂宝顶着风，穿过数座教学楼。几只喜鹊在宝塔松上起起落落，桂宝学它们叽叽喳喳。头顶上方硕大的青柿让桂宝惊叹，爸爸不由得放慢脚步。反正都迟到了，索性任桂宝逗留。

因为不想听见桂宝的号哭，好些天来，爸爸找各种理由逃避送桂宝入托。今天实在躲不开，爸爸暗自庆幸：桂宝好像已经适应了短暂分离。

刷卡进园,桂宝开始唤"妈妈""爸爸""姑姑"。爸爸没有加快脚步，再次许诺一会儿来接他，期望快速做通他的思想工作。

桂宝没有反抗，只是不停地唤"妈妈""爸爸""姑姑"。

上楼，敲开婴（二）班的门，里面娃娃不多，气氛融洽。桂宝开始挣扎,号啕,喊"爸——爸——",急切而无助。

爸爸狠心松手,转身。门快速关上,桂宝贴在门里撕心裂肺喊"爸——爸——"。

爸爸挪不动步,呆立在门口,摸着门把手,几欲推门带桂宝走。

爸爸还是控制住了"护犊子"的痴愚,转到拐角处,倚着墙壁,目不转睛地盯着手表秒针转动。桂宝唤"妈妈"的哭喊声又挤出门缝,爸爸汗水嘀嗒,僵立难耐,还是想进去带桂宝回家。

为什么非得把27个月的娃娃送来哭爹喊娘?"为他好"的背后,难道没有隐藏着自私和逃避责任?

这应该是爸爸生命中最难熬的1200秒!

爸爸的神经眼看就要被桂宝的哭声扯断,桂宝的哭声突然消隐。

爸爸赶紧下楼,落荒而逃。

整个下午,爸爸都在琢磨,该怎样说服妈妈,暂时不送桂宝入托!

接桂宝的时候，爸爸妈妈多留了一会儿，向晋老师仔细了解桂宝在园里的情况。

晋老师和颜悦色，说桂宝总体表现不错，能玩，能吃——还吃了别的小朋友吃不了的饼干，只是刚开始情绪有些激烈……

明天，妈妈开会、上课，爸爸不得不再送桂宝去哭喊，爸爸心意沉沉。

晚上，收到晋老师发过来的照片，说桂宝和班上的小朋友玩得很开心，请爸爸妈妈放心！

爸爸妈妈发自内心地想说："谢谢您，老师！"

"桂宝，明天，爸爸继续送你入托，你还会哭吗？"爸爸看着熟睡中的桂宝默念。

就这样，桂宝今天哭，明天不哭，后天又哭……哭哭，停停，持续了将近一个月，才完全适应了。

"孩儿他爸，你看，桂宝的每一张照片眼睛都是肿的，笑得都很勉强。要是有了二宝，我不会强迫他入园。至少，得等到第二学期。两岁多，还是小了点儿。"某天，妈妈翻看桂宝的照片，百感交集。

被投诉风波

1

2016年国庆小长假前夕,桂宝的班主任晋玉波老师发微信提醒:收假后,再入园,宝宝们情绪可能有反复,家长们需做好心理准备!

入园二十来天,桂宝渐渐习惯了没有亲人陪伴。不过,爸爸妈妈还是隐约有些担心,国庆节后返园,桂宝还会哭得声嘶力竭吗?

桂宝的第一份家庭作业是做手工和拍摄采摘照片。当然,肯定需要大人帮助完成。

假日里,二姑给桂宝缝了老师特别强调的"小尾巴",估计是做游戏用的。

　　桂宝一家与远远一家自驾去喇叭沟门,观赏红叶。那是距离北京城区最远的一个乡镇。不知道这个季节可以采摘什么,爸爸妈妈只好带桂宝在乡间小路上闲逛。小径边,毛豆和葫芦掩映在荒草间,貌似被弃,抑或属野生。桂宝顺手牵羊,爸爸犹犹豫豫间,放任他去。桂宝乐颠颠摘豆,爸爸赶紧抓拍,算是完成了桂宝的作业。

听过来人说，诸如此类的作业，"往后，多了去"！

没有谁会嫌假期长，假期"哧溜"一下就结束了。

一大早，桂宝听见小区幼儿园播放音乐，便背起小书包，吵嚷着"上学去"。看来，爸爸妈妈的担心有些多余。

下午，桂宝一进入婴（二）班，便开心地扑向晋老师。果断地挥手，和爸爸说"咋（再）见"。

妈妈接桂宝回家的时候，晋老师笑盈盈地说："桂宝一个下午都没哭闹，玩得很开心！不过，好小子，开始淘了，不停地去摁电脑开关。"

显然，孩子真没大人想象的那么脆弱！牵肠挂肚，多源于父母自身的"虚空"！

"往后，桂宝不会老闯祸，让我们替他背锅吧？"妈妈忧心忡忡地唠叨。

这应该是桂宝第一次被"投诉"。

"男孩嘛，哪有不淘的？别小题大做！"爸爸不以为然。

2

爸爸妈妈一同接桂宝放学。

大张老师反映,整个下午桂宝没哭没闹,玩得很开心。

爸爸妈妈自然喜滋滋,仿佛桂宝天赋异禀。

楼道尽头,有小型娱乐空间。桂宝坚持要在那里玩一会儿,爸爸妈妈笑呵呵纵容。事实上,接上桂宝就离园,马上驱车回家,能避开拥堵时段,至少可以缩短半小时车程。

一个眉清目秀的小女孩由妈妈陪着,也坐在那里玩儿。

桂宝显然认识那小女孩,凑过去,想一起玩耍。

桂宝妈妈蹲在桂宝身后,笑嘻嘻柔声提醒:"桂宝,慢一点儿,别碰着小妹妹哦。"

爸爸拎着大包小包,站在他们身后,笑而不语。

过了一会儿,小女孩突然停止了玩耍,用力揉眼睛。

桂宝跟着停止了玩耍，小手指着小女孩的眼睛，"咿咿呀呀"，应该是想问"你怎么了"或者"她怎么揉眼睛了"。

小女孩的妈妈一把抱过小女孩，冲桂宝嚷嚷："你想干什么？"

桂宝妈妈不明究竟，赶紧和颜悦色道歉："对不起！真是对不起！桂宝，快跟妹妹说对不起！"

桂宝一脸茫然。

小女孩的妈妈立即抱起小女孩，怒气冲冲，扬长而去。

桂宝妈妈抱起桂宝,尴尬地冲桂宝爸爸笑了笑。

"你为什么要道歉?"爸爸板着脸小声说,"根本不关桂宝的事,我目睹了全过程。这个家长怎么这样?我差点儿跟她理论。不过,你做得对,点赞。她应该也是学校的老师吧?这抬头不见低头见的,吵起来影响也不好……"

"没关系,没关系的。她可能以为是桂宝戳的,我也以为是!"桂宝妈妈摸了摸桂宝的小脸儿,柔声说,"桂宝,对不起,妈妈错怪你了。"然后又转向桂宝爸爸,"那个小女孩跟桂宝是一个班的,小名好像叫梅梅。"

3

还是妈妈去接桂宝放学,半小时过去了,才抱着桂宝回到爸爸的车上。

"怎么这么晚?"爸爸坐在主驾座椅上,扭头问。

"一会儿告诉你!"妈妈使了个眼色,一脸严肃。

桂宝不像往常那样叽叽喳喳,安安静静坐在后座上,看着窗外。

妈妈拥着桂宝,低头柔声问:"桂宝,今天在幼儿园学什么了?"明显言不由衷,话里有话。

桂宝"咿咿呀呀",却说不清楚。

爸爸小心翼翼驾车,心猿意马,又急于了解真相,小声对妈妈说:"你说英语吧!"

妈妈心领神会,说:"Complain!"轻轻叹口气,心事重重。

"为什么?"爸爸心急如焚。

"你认真开车吧。不是什么大事!"妈妈小声说。

妈妈拥着桂宝,柔声说:"桂宝,和小朋友玩,要学会分享哦。不要抢玩具……幼儿园里有那么多玩具哦。别人不玩了,你再玩,也是一样的。一定不能动手掐小朋友哦!你看,妈妈掐你,你疼不疼?"

桂宝一边"哦哦哦",一边小声说"疼"。

"那妈妈掐你,可不可以?"

"不!"桂宝大声说。

"记住了吗?"妈妈追问。

桂宝小声说"嗯"。

爸爸已知端倪,赶紧附和,追问桂宝。

妈妈拍了拍爸爸的肩膀,悄悄提醒:"别强化了,他明显反感了。是有些麻烦,他可能进入'打打期'了!不说了,他嘴上说不出,心里啥都明白的。"

正值下班高峰期,一路拥堵。快到家的时候,桂宝在车里睡着了。

妈妈赶紧打开了话匣子。

"接他的时候，老师说桂宝掐了'梅梅'。"

"掐得很厉害？"爸爸赶紧插话。

"还好。不过，脸上掐出了红印！真要命，掐的是梅梅！"

爸爸"啊"一声，皱了皱眉："就是那天在楼道里玩耍的那个小女孩？"

"老师要我留下来，等别的小朋友都被家长接走了，让我去给梅梅妈妈道歉。我脑袋都大了，怎么偏偏是梅梅！我硬着头皮去见梅梅妈妈，只能满脸堆笑啊。梅梅妈妈一脸怒气，说：'怎么又是你们？'我只能说：'对不起！对不起！对不起！'说真的，我真想揍桂宝一顿。或者，让梅梅掐回来。还好，梅梅妈妈也没再多说什么。老师们做得也相当'人文'，我道歉的时候，两个孩子都不在场。下一次，碰到类似情况，还是你出面吧。太难堪了！唉，你这儿子啊，还真不让人省心！你说，桂宝不会有暴力倾向吧？你说，他会不会还欺负过别的小朋友？要是他有这个毛病，怎么办啊？那天，你没看错吧，说不定真是他戳了梅梅的眼睛！"妈妈絮絮叨叨，如临大敌，长吁短叹。

爸爸窝着一肚子火，制止了妈妈的絮叨："那天，我目睹了全过程，桂宝绝对没有戳梅梅的眼睛！一码归一码！你也别想太多，小孩子在一起玩耍，难免起争端。大人之间还不太平呢。什么暴力倾向？别给他贴标签！哪有那么严重？"

爸爸嘴上这么说，其实，心里也不踏实。要是桂宝真像妈妈所担忧的那般，那可该怎么办？道歉啊，难堪啊，倒是小事。伤着了别人家的孩子，那就是监管不严，确实过意不去。但要是桂宝真有暴力倾向，那可就没有好日子过了。

"我从小就不会打架……你呢，女孩子，肯定也不会动手打人，是吧？如果桂宝真有这个毛病，是从哪里遗传的？"爸爸忍不住嘟囔。

"说的也是啊，真头疼！养个孩子啊，可真不容易！"妈妈眉头紧锁，"但愿，这只是个意外，不会再发生了。"

回到家,爸爸赶紧掩上书房门,给往来甚密的资深家长们打电话,求教。

"我们家那怂孩子,经常是被欺负的对象。有一次,一个小女孩把他的脸咬出了血印。不要紧的啦,小孩子之间你掐我打,非常正常。转过头,就啥都忘记了,还一起玩。玩得不高兴了,说不定又掐了抓了……要注意给孩子勤剪指甲……人家女孩的妈妈有情绪,也是正常反应。没有办法,为了孩子,忍着呗。"

"有一次,我们家娃不小心把一个小女孩撞得流鼻血。那能怎么办啊?家长赔礼道歉呗!其实,对方家长也心知肚明。又不是家长撞的,家长真心道歉,不过是表明一个态度。往后啊,多让桂宝找小朋友玩。你们观察下,看看他在什么情况下会动手。然后,及时纠正。总之,放松,不要太在意。要是这么焦虑,这辈子,那可没个完呢。"

煲了一通电话粥,获得了一大堆经验。爸爸紧张的情绪多少有些缓和，但是，心里还是很不踏实。

往后，每天送桂宝上学，爸爸妈妈都忍不住绕着弯儿叮嘱桂宝："不要……不要……要分享……"不管谁去接桂宝，都担心被老师要求"留一下"。一个人去接娃，另一个人一定会心急火燎地打电话问："今天怎么样？没掐没打吧？"若是太平无事，便长舒一口气，欢天喜地，像是获得了意外的奖赏。

唉，父母心，玻璃做的哦！

某天，爸爸主动要求接桂宝放学。

"爸爸，没抢！没打！"桂宝猛扑向爸爸，高声邀功。

晋老师和爸爸都忍俊不禁。

莫非叮嘱得太多了，这孩子，已经有了心理阴影？爸爸心里嘀咕。

4

入园，放学，回家。日子转了又转，似乎时快时慢。

爸爸妈妈很长一段时间没再收到投诉，桂宝喜欢上幼儿园，一家子每天开开心心。

六月又至，是论文评阅、答辩的高峰期，大学老师进入疲于奔命的季节。

某天上午大概 10 点 30 分，爸爸正在参加学生的硕士学位论文答辩，桂宝班主任晋老师来电。爸爸预感到凶多吉少，头皮发麻。莫非桂宝突发急症？抑或出了重大事故？学生正在陈述论文，爸爸自然不便接听。电话断了，紧接着又打了过来。接连三四次，爸爸如坐针毡。好不容易等到学生陈述完毕，赶紧向在座的老师同学致歉，接了电话。

"桂宝在室外游玩的时候，不小心把梅梅抓伤了……脸抓破了，流血了……梅梅的家长已经到了园里，麻烦您来一趟。"

"是……是上次那个梅梅吗？伤得厉害不？"爸爸哆哆嗦嗦地问道。

"嗯，就是梅梅。挺厉害的，出血了。要不是梅梅，还好……麻烦您赶紧来一趟吧,桂宝爸爸。"

"我正在参加学生论文答辩……擅自离岗,是重大教学事故……"爸爸感觉头都快炸了,本能地想逃避。

"哦。真是不好意思。那桂宝妈妈呢?"

"桂宝妈妈正在讲课!这孩子,真不让人省心!她大概11点40分才能下课。"

"桂宝爸爸,梅梅的爸爸妈妈在幼儿园等着呢。还是麻烦您想想办法,尽量早一点儿来园里处理一下。谢谢您!"

"晋老师,给您添麻烦了。等这个学生答辩结束,休息的时候,我立即过去。"

临近中午,爸爸气喘吁吁地轻轻敲开婴(二)班的门。里面静悄悄的,大张老师独自在陪桂宝玩耍。

爸爸怯怯地说:"对不起,给你们添麻烦了!"

大张老师笑盈盈地扭头冲桂宝说:"宝贝儿,爸爸来了。你先看会儿电视,老师跟爸爸说几句话。"

桂宝跑向爸爸，不敢看爸爸的脸，刚伸手要爸爸抱，赶快缩了回去，乖乖地回到教室里。

"伤得很严重？我该怎么向梅梅家长道歉？"爸爸红着脸，低声问。

"医生已经处理过了，不要紧的。桂宝不是故意的。孩子们在外面玩耍，桂宝摔倒了，不小心抓到了梅梅的脸。放心吧，滕主任也在楼上接待室里，她正在安抚梅梅的家长。您上去吧。"大张老师语速平缓，始终面带微笑，"桂宝，快过来，跟爸爸说再见，爸爸一会儿来接你回家。大张老师陪你玩儿。"

爸爸长舒了一口气，赶紧整理好情绪，汗淋淋地上二楼，迎面碰上了梅梅的妈妈，赶紧打招呼致歉。梅梅妈妈点头回应，很平静。晋老师等候在门口，微笑着说："您在答辩，真是给您添麻烦了。"

爸爸满脸愧色，摆摆手，小声说："耽误你们午休了，真是抱歉。"

桂宝爸爸和梅梅爸爸握手，深深地鞠了一躬。

梅梅爸爸客客气气，干净整洁，可能是公务员或者白领。

"桂宝爸爸，您看，您能理解吧？我们生的是女儿，养女孩子，特别不容易。您看，类似的事，已经发生了三次。我们要是不给女儿一些支持，那就说不过去了。"

桂宝爸爸赶紧说："是！理解！真是对不起！不过，第一次，桂宝真没有戳梅梅的眼睛，我一直站在他们身后的。真是对不起，我们回家，一定严加管教！真是对不起！"

"我们都是通情达理的人。这样吧，您看，我就一个要求，您能不能抱着桂宝，去跟我们家梅梅当面道个歉？"

横竖都理亏，爸爸自然满口答应。

颇为知性的滕主任微笑着说："孩子们在一起玩，磕磕碰碰经常发生。往后，我们园里的老师会更加留意。刚才呢，老师们已经处理了这个问题。让桂宝跟梅梅道了歉，梅梅也接受了桂宝的道歉。

这件事情在孩子那里已经过去了。如果家长们再带着孩子去道歉，就是在强化，让孩子们再去面临不愉快的事情，这对两个孩子都不好。因此，我不赞同进行第二次道歉。"

梅梅爸爸有点恼怒，但隐忍着，平静地说："可是，我的女儿明显受到了伤害。我得让女儿明白，爸爸一直站在她身后，支持她。爸爸是她的坚强后盾。再道个歉，让孩子感到被保护。这样可以吧？桂宝爸爸？"

桂宝爸爸赶紧说："幼儿园的老师比我们更有经验，处理这样的问题，更科学。要不，我们听从滕主任的建议？"

"已经三次了。要是以后再发生这样的事呢？我希望，既然两个孩子玩不到一块儿，就不要在一起玩。"梅梅爸爸脸上有了怒色，"我还是希望再道一次歉！"

"我们会采取适当措施。梅梅是我们的宝贝，桂宝同样是我们的宝贝。有时候，孩子玩起来，没有分寸。两个经常发生冲突的孩子，往往是互相喜欢的。为了避免这样的事情发生，我们会暂时巧妙地让两个孩子保持一定的距离。这个，请家长放心，我们的老师肯定是相当负责的。"滕主任耐心开导。

"我还是希望桂宝爸爸带着桂宝去道歉……"梅梅爸爸坚持。

三方僵持不下，气氛有点沉闷。桂宝爸爸赶紧站起身，走到梅梅爸爸面前，拍了拍他的肩膀，微笑着说："兄弟，真是抱歉。要不这样，我们互相加个微信，以后多联系。要是你们愿意，我们找个周末，约两个孩子一起玩耍。我们再观察下，看看桂宝会在什么情况下欺负梅梅？是不是动不动就欺负梅梅？然后，我们就有针对性地解决问题。两个孩子分在同一个班上，就是缘分。说不定，他们上小班还是同学呢。您看……怎么样？"

两个男人立即互加了微信，气氛缓和下来。

"这样吧，我们都下楼，接孩子去。看看孩子们目前的情绪怎样。12点过了，该回家吃饭了。

孩子们也饿了。"滕主任笑盈盈地站了起来。

大家说说笑笑下了楼。

桂宝爸爸抱着桂宝走进院子,梅梅妈妈正陪梅梅滑滑梯。桂宝爸爸赶紧迎上前去,微笑着问:"梅梅,脸还疼不疼?"

"不疼了。"小姑娘长相甜美,声音也非常好听、斯斯文文。

"桂宝,跟梅梅拉拉手,桂宝和梅梅是好朋友!"爸爸笑容满面。

两只小手握在一起。

家长和老师们笑逐颜开,挥手说再见。

爸爸抱着桂宝在园门口撞见了妈妈。妈妈双眼泛红,脸色如同突遭霜寒。

"没事了,不要紧,都处理好了。你先带桂宝玩吧,我得赶快回去答辩。真要命!"爸爸把桂宝塞给妈妈,骑着共享单车绝尘而去。

5

其实,晋老师先给桂宝妈妈打了电话,无人接听。

后来,桂宝妈妈说,"那两节课,我不知道是怎么上下来的。说魂不附体,一点儿都不夸张。"

明知桂宝出事了,还不能接电话。桂宝妈妈性子急,这急火一攻心,竟然病了一个多星期。

不管桂宝是有意还是无意,反正伤着了别人家的孩子,爸爸妈妈确实过意不去。妈妈买了礼物,打算接送桂宝的时候，见到梅梅妈妈，送过去以表歉意。

"人家要是不稀罕呢？你怎么下得来台？还是另想办法，避免类似的事情再发生吧。"爸爸说，"也别听育儿书和专家的建议了，该明确要求桂宝的，我们绝对不能回避！反正得明确告诉他，不管什么时候，都不能动手！实在不行，我可能要揍他。我们小时候，受了多少委屈，有多少人真正体谅过我们幼小的心灵能不能承受，不照样长大了？你看，我们都没什么严重的心理疾病吧！"

还好，爸爸妈妈在教育桂宝的问题上很容易达成一致。

爸爸妈妈虽然没在第一时间严厉批评桂宝，但是，陪桂宝玩游戏的时候，如果桂宝急了，便会立即提醒他。当桂宝正在玩某个他特别喜欢的玩具时，爸爸妈妈会故意说，"让我玩一会儿"，或者一把把玩具抢过来，观察桂宝的反应。桂宝倒是能平静地接受。不管是一起玩游戏，还是共读绘本，爸爸妈妈抓住一切机会,巧妙传达"分享""不要急"等道理。

然而,桂宝的情绪却一天天低落。每天早上,接近幼儿园的时候,桂宝不再愿意进去,而是反反复复说"怕怕",把爸爸或妈妈搂得紧紧的。爸爸妈妈给桂宝看晋老师发过来的幼儿园照片,桂宝把头扭向一旁。之前,只要一看见与幼儿园相关的图片,桂宝就特别兴奋。桂宝越来越焦躁,比如,搭积木时,积木倒了,就会抓狂。此前,这样的反应非常少见。爸爸妈妈交谈,只要谈到有关桂宝的信息,桂宝就会特别留意听,还插嘴说"不打""不抢"之类的话。

桂宝相当敏感。一岁半的时候,有一次,爸爸妈妈起了小争执,没背着桂宝。隔三差五,桂宝就嘟囔:"你们吵架。"

爸爸妈妈立即意识到,为了防止类似的事情发生,幼儿园老师可能有意无意紧盯桂宝的一言一行,桂宝感受到了前所未有的压力。

妈妈如临大敌,说:"要不要暂时不让桂宝去上学了？如果这样发展下去桂宝心理出了问题，后果不堪设想！"

爸爸坚决反对："我们总不能让桂宝一直不上学吧？他早晚都得面临这些问题。这一次，如果没有及时疏导，他以后说不定真就害怕学校了。这事儿交给我吧，我跟幼儿园沟通一下。"

爸爸赶紧给滕主任发微信，着重介绍了家里的管教情况以及桂宝的反应。

"不能不送啊！放心地送过来吧！坚持送啊！放心吧，我们会找到更好的解决办法的。我这些日子会去他们班上多走走，跟老师们也说说，争取管理得更让宝宝安心……不要说对不起，也不用说谢谢。闯祸是孩子的天性，也是他们童年的权利。等他们不再闯祸了，我们也就老了，他们也就不再需要我们了！"滕主任耐心地安慰、劝导着。

爸爸如释重负。

几天之后，桂宝不再拒绝上幼儿园，又恢复了以往的开开心心。

妈妈总算轻松了些,病情也渐渐好转。但是,妈妈还是担心桂宝惹事,想弄清楚桂宝"是否有暴力倾向"。每天接送桂宝上下学时,妈妈不再着急离园。见到桂宝同学的家长,不管是男的还是女的,都主动热情打招呼。等到熟络了,就自我揭短:"我们家桂宝性子急,你们家宝宝看上去好乖巧啊。"

桂宝妈妈很快和不少妈妈成了好朋友,与豪豪、皮皮、木子的妈妈来往甚密。

爸爸调侃妈妈:"你心机好重!"

妈妈笑呵呵:"为了你儿子,当妈的只能厚着脸皮了。万一又和谁发生了冲突,碍于情面,更好交涉哇。他们班上的大多数妈妈都很好交流的,我认识一大半了。放学后,她们都愿意让孩子和桂宝一起玩。这说明,她们没有从孩子那里获得桂宝的负面信息。我也观察了,桂宝和小朋友玩得挺好,不会动不动就欺负谁。这下我放心了,我们桂宝没有暴力倾向。我好担心桂宝成了小霸王,为娘的心操得稀碎稀碎的!"

那之后,桂宝没再遭到投诉。

偶尔,爸爸妈妈和梅梅的妈妈打个照面,梅梅妈妈还主动打招呼。爸爸妈妈感觉晴空万里。

暑假过后,桂宝升入了小班。

爸爸妈妈偶尔嘟囔:"桂宝千万别和梅梅分在同一个班上啊!"

然而,桂宝和梅梅一同进入了小(五)班。

新学期开学,爸爸妈妈送桂宝入园。爸爸悄悄对班主任金瑛老师说明原委,叮嘱留意桂宝与梅梅会不会发生冲突。

小班上全天,桂宝中午在幼儿园里睡午觉。桂宝的小床紧挨着梅梅的小床。

爸爸妈妈捏着一把汗。幸运的是,"西线无战事",爸爸妈妈没再接到投诉。

周末,阴雨天。桂宝和妈妈在客厅里嬉闹,妈妈逗桂宝:"幼儿园里,你最喜欢谁?"

"梅梅!"桂宝不假思索。

妈妈赶紧跑书房偷偷问爸爸:"你们男的啊,

是不是都喜欢美女？那个梅梅啊，确实很漂亮。你说，要是梅梅的爸爸妈妈知道桂宝最喜欢梅梅，他们会不会高兴？我说嘛，晋老师发过来的好多照片，桂宝和梅梅都在一起。"

和爸爸玩雪

2017年整个冬天,北京没有下雪。拖至2018年3月17日,雪才纷纷扬扬下起来。

整个北京城都异常亢奋,微信朋友圈里各种调侃这场迟到的雪。

爸爸居然来了诗意,在手机屏幕上附庸风雅,点出了几行蹩脚的诗句。

"孩儿他爸,你在发朋友圈吗?别发了,带桂宝下楼呼吸清新空气吧,多难得的雪!"妈妈说。

爸爸遵命。很快,三个人穿戴得严严实实,乐乐呵呵出门亲近雪。

妈妈去拜访朋友,爸爸独自带着桂宝玩耍。

雪纷飞，这迟来的雪，仍旧飘逸、冷艳。树上、车上、草坪上，铺了白白的一层。

桂宝蹦蹦跳跳，伸手抓雪花。小脸红红的，小手笨笨的，小身子歪歪的。

"雪是什么颜色？"爸爸抚摸着车身上厚厚的积雪问。

"白色。"

"像什么呢？"爸爸追问。

"像雨。"

"嗯，跟下雨一样，都是从空中落下的。"爸爸提示，"是不是像二姑做饭用的盐？"

"嗯。"

"摸一摸，什么感觉？"爸爸继续引导。

"凉凉的。"

"还有呢？"爸爸蹲下身，凑近雪，吸了吸鼻子。

"湿湿的。"

"闻一闻吧？"爸爸直接要求。

桂宝凑到汽车引擎盖上深呼吸，还是回答"湿湿的"。

"是不是很清新？"爸爸只好"填鸭"。

"嗯。"

"桂宝，我们打雪仗吧！"爸爸说。

"怎么打？"桂宝来了精神。

爸爸快速捏了个雪球，递给桂宝，满眼期待："你打吧！"

"打谁？"桂宝好奇地问。

"打爸爸呀！"爸爸主动找"打"，"注意，只能扔雪球，不能扔石头等硬物，会伤着人的。"

桂宝毫不犹豫，冲爸爸开火，开心得跟进了游乐场一样。

"你自己捏一个雪球吧！"爸爸给桂宝示范。

桂宝碰了碰雪，快速缩回小手，说："您帮我捏吧。"

"臭小子，怕冷啊？胆小鬼！想不劳而获！"爸爸一边帮桂宝捏雪球，一边笑呵呵念叨。

桂宝用雪球打了马路，打了下水道井盖……实在找不到目标了,居然还打了自己。打自己,用力最猛,笑得最欢。

爸爸拍打着桂宝身上的雪花唠叨:"傻不傻啊?哪有跟自己打雪仗的?"

雪,还真不小。桂宝的衣服、帽子都湿了,鼻涕虫进进出出。桂宝突然喊"我要嘘嘘",来不及了,只得在雪地里随地小便。然后,父子俩从西门经北门到南门,一路踢踢踏踏,心满意足,回家。

路过小卖铺,桂宝坚持"我要吃西瓜"。嗯,突然就变成新疆人了,"围着火炉吃西瓜"。

可惜,不到半天,雪全都消失了。

雪霁天,午觉特别香甜。

桂宝贪玩,不愿上床,埋头搭积木。

爸爸妈妈快睡着了。

桂宝悄悄爬上床,躺爸爸妈妈中间。左手搂爸爸,右手搂妈妈,说:"谢谢你们给我一个爱,好暖和啊!"

稚嫩的焦虑

1

新学年,桂宝由婴(二)班升入小(五)班。婴班上半天,小班上整天。

在家消磨了一个长长的暑假,连日来,爸爸妈妈担心桂宝不能适应入园。

大清早,爸爸妈妈送桂宝入园,桂宝居然不抗拒。

然而,整个上午爸爸妈妈都惦念着:"桂宝在园里过得怎么样?"

好不容易熬到下午放学,妈妈火急火燎去接

桂宝。

"桂宝上午情绪稳定,中午不愿睡觉,下午想妈妈,哭了。"金老师微笑着说。

桂宝哭肿了眼睛,嗓子也哑了。妈妈虽不落忍,还是装作若无其事。

整个晚上,妈妈索性什么都不做,全身心陪桂宝玩儿。既是补偿桂宝,也是给自己心理安慰。

爸爸讲完课,深夜回家,桂宝刚刚睡着。摸摸桂宝红扑扑的小脸,爸爸眉宇间拂掠过一丝遗憾。

"不知道桂宝明天是否还愿意去上幼儿园?是否还会哭?"爸爸妈妈小声交流,互相传递着忐忑。

早上六点,桂宝醒了,字正腔圆地说:"粑粑拉裤裤里了。"

妈妈赶紧查看,果然。会说话会走路之后,桂宝控制大便的能力就相当强。"这孩子,今天是怎么了?"妈妈赶紧拾掇,出奇地耐心。

桂宝突然语速急促,说:"快!憋不住了!要出来了!"

妈妈赶紧抱桂宝上厕所。

桂宝说:"衣服也尿湿了,小鸡鸡像水管一样。"比划着水管往上冲水的样子。

爸爸笑"喷"了,睡意全无,赶紧起床。

第二天入园,桂宝适应得相当不错。中午,居然还睡了午觉。想妈妈了,干哭几声,就自觉收场。只打雷,不下雨。

第三天入园,桂宝提出"爸爸也要送,因为贝贝就是爸爸送的"。

这么小的要求,爸爸自然得满足。

第四天入园,园里气氛好像不对头,很多孩子都在哭。桂宝受到感染,贴着妈妈,不撒手。爸爸赶紧抱过桂宝,让妈妈先走。然后,半推半塞,把桂宝交给了金老师。桂宝咧嘴哭,爸爸装没看见,赶紧转身。一咬牙,坚决不回头,走了。看来,还是爸爸心肠硬。

2

下午放学,妈妈接桂宝。一见到妈妈,桂宝说:"我哭了。"

"为什么哭呢?"妈妈明知故问。

"我想妈妈了。"桂宝说得轻描淡写。

妈妈很难受,赶紧岔开话题。

"妈妈,我中午没有睡午觉。"桂宝大声说。

"别的小朋友睡午觉了吗?"妈妈脸上挂着笑,但心意微微下沉。

"睡了。"桂宝挥舞着小手说。

"别的小朋友睡着了,就能梦见妈妈呢。"妈妈企图说服桂宝睡午觉。

桂宝沉默了。

半夜,桂宝突然醒来,清清楚楚地问:"妈妈,幼儿园放假了吗?我不想上幼儿园!"

爸爸醒了,妈妈也醒了。两个人轮番顾左右而言他,哄劝:"桂宝乖,赶快睡着吧。还是半夜呢,别把城市吵醒了!"

一大早,桂宝睁开眼,妈妈已换好了衣服。桂宝赶紧问:"妈妈,您要去哪?"

"上班呀。"妈妈夸张地笑。

"又要上班?我不想上幼儿园!幼儿园还不放假啊?"桂宝绷着脸嘟嘟囔囔。

爸爸妈妈装没听见,不接话茬儿。

桂宝继续嘟囔:"我不想上幼儿园!我不想上幼儿园……"

爸爸妈妈各忙各的,还是不接茬儿,任由桂宝宣泄焦虑。

过了一会儿,妈妈俯身贴着桂宝的耳朵神秘兮兮地说:"桂宝,幼儿园今天的菜谱里有蛋糕,还有……还有……"

桂宝顿时精神百倍,说:"那我可以先玩一会儿,再去幼儿园吗?"

爸爸赶紧接嘴:"当然可以啊!爸爸今天也陪桂宝上幼儿园去!"

"好喔，我上幼儿园去！"桂宝欢呼伴着雀跃。

爸爸妈妈送桂宝入园，桂宝一直开开心心，说"再见"也痛痛快快。

3

周日，桂宝一大早醒来，揉着眼睛迷迷糊糊问："今天不用上班吗？"

"不用！今天是周末，爸爸妈妈都在家陪你。"妈妈迷迷糊糊回答。

桂宝"哦"一声，倒头又睡过去了，小脸儿上清晰地写着心满意足。

醒来后，爸爸妈妈想溜到办公室工作，赶紧给桂宝做思想工作。

"桂宝，爸爸吃完午饭就去上班。你要乖，在家和二姑玩儿。"爸爸笑着说。

"讲课吗？"桂宝问。

爸爸"嗯"了一声。

妈妈跟着说："桂宝，妈妈也要去上班。"

桂宝抢答："挣钱钱，买吃的。"

"对，乖儿子。"妈妈摸了摸桂宝的头。

"二姑不上班吗？"桂宝仰头问。

"二姑陪你玩，就是上班。"妈妈笑吟吟。

"哦，二姑上我的班。"桂宝乐颠颠。

三个大人立即笑翻。桂宝蹦蹦跳跳，大呼小叫。

晚饭后，爸爸要去体育馆打羽毛球。担心桂宝吵嚷"我也要去"，便谎称"爸爸上班去了"。

"又要上班啊？这么晚了，办公室都关门了。"桂宝满脸焦虑。

爸爸咬着牙继续撒谎："教室没有关门啊。爸爸给大学生上课，当然得在晚上啊。"

"幼儿园晚上都关门呢，都不上课呢。爸爸，我不要您去上课！"桂宝斩钉截铁。

"不可以哦，这是爸爸的工作！"爸爸继续欺骗。

"爸爸不要工作！"桂宝命令。

"爸爸不工作，那怎么行？"爸爸找不到更好的说辞了。

"可以，可以不工作！"桂宝果断批准。

爸爸想笑，忍住了，不知道该怎么继续对话，只好暂时走开，先忙别的去。

转回头，爸爸继续说："爸爸上班去了，桂宝，跟爸爸说再见吧。"

"爸爸再见，早些回来，给我讲故事！"出乎意料，桂宝慷慨放行。

4

早上，桂宝不愿上幼儿园。

"妈妈要上班，你不去上幼儿园，谁陪你？"妈妈柔声劝慰。

"那爸爸呢？"桂宝脑瓜转得飞快。

"爸爸也要上班！大人都得上班！而且，所有的孩子长大了，都得离开家上幼儿园！"爸爸不容商量。

"还有二姑呢！二姑不上班，我跟二姑在家里玩儿。"桂宝顽强争辩。

"二姑不上班，二姑哪有饭吃？"二姑心领神会，赶紧撇清。

"二姑，您昨天都不上班呀。"桂宝急了。

"二姑从今天开始上班啊。"二姑语气软了下来。

"要不，你一个人在家里玩，我们都去上班？"妈妈硬起心肠说。

"不，我去幼儿园！"桂宝总算屈服了。

桂宝感冒刚刚痊愈，爸爸妈妈担心他身体不适，跟老师商量，让桂宝先上半天，观察观察。中午，爸爸妈妈接桂宝回家。一进门，看见二姑，桂宝吃惊地问："二姑，您不是上班了吗？"

"是啊，我上半天班赶紧回来给你们做饭啊。"二姑随机应变。

"二姑，您太累了！"桂宝大声说。

二姑感动得一把抱住桂宝，柔声说："我的桂宝好有良心啊！"

吃过中午饭,爸爸妈妈赶紧回办公室。

桂宝独自搭积木,跟爸爸妈妈说再见,附带着说:"你们早点回来啊!不听我的话,要吃亏的!"

5

桂宝一出生,二姑就带他,且视若己出。

桂宝非常依恋二姑,偶尔回家见不到二姑,立即满屋子寻找;找不着,就号啕,肝肠寸断一般。

丹丹姐姐跟二姑视频通话逗桂宝:"桂宝,丹丹姐姐想妈妈了,丹丹姐姐要让二姑来成都陪丹丹姐姐。"

桂宝急了,冲丹丹姐姐发火:"你不要跟我抢二姑!"然后,强行切断了视频通话。

去年春节过后,二姑留在老家装修房子,和桂宝分开了一个多月。出乎意料,桂宝情绪一直平稳。偶尔,和二姑视频,眼泪汪汪,不愿挂电话。

今年寒假期间,二姑先回老家打理房子。二姑走之前，爸爸妈妈抓住一切机会给桂宝做思想工作。

"二姑先回去给我们收拾房子，我们回去就有地方住了。"

"过几天，我们就回四川找二姑去！"

"二姑在四川等你，桂宝要乖啊，不要哭，想二姑了，就跟二姑视频！"

…………

桂宝好像接受了二姑先行离京的事实。

临行的晚上，爸爸、妈妈和二姑再一次给桂宝做思想工作。爸爸本想独自开车送二姑去西客站，但桂宝坚持要"一起去送"。第二天一大早，一家三口送二姑上火车。春运期间，只能送到检票口。爸爸抱着桂宝，桂宝平静地接受了二姑独自离开的事实，挥挥手，小声跟二姑说"再见"。小家伙儿蔫蔫儿的，表情相当严肃，还好，没有哭闹。其实，爸爸妈妈一直担心桂宝抱着二姑不撒手。

回到家，桂宝习惯性进入二姑的卧室，眼泪"吧嗒吧嗒"往下掉。妈妈抱起桂宝，柔声安慰，快速跟二姑视频。桂宝盯着二姑，使劲儿抿着嘴，眼眶泛红。这个小人儿，居然会克制感情了。

接下来几天，桂宝不怎么念叨二姑，好像已经习惯了二姑不在身边。某天中午，桂宝独自在他的"办公室"里开开心心玩学习游戏，突然没了动静。妈妈喊叫了数声"桂宝"，桂宝都不应承。过了一会儿，桂宝耷拉着脑袋，满面凄楚，走到妈妈身边。

"怎么了，桂宝？"妈妈不明究竟。

桂宝一声不吭，领着妈妈来到他的"办公室"门口，不说话，眼珠子不停地往上瞄。顺着他的视线看去，妈妈恍然大悟。对面照片墙上，挂着二姑的照片。

"想二姑了？"妈妈刚问出口，桂宝就"哇"的一声哭起来，如同水龙头被冻裂了，满屋子"哗哗啦啦"响。

妈妈抱起桂宝，看着这个伤心欲绝的小人儿，心疼且欣慰。不错，有良心，不枉二姑细心照顾他三年多。

桂宝缩在妈妈怀里痛痛快快哭了一阵儿，便主动下地,又开始独自玩积木。果真是小屁孩,欢乐和悲伤可以随意切换。

6

又一个寒假匆匆而过,桂宝已经三岁半了。

桂宝睡到自然醒,揉揉眼,问妈妈:"今天上班吗?今天上幼儿园吗?"

"明天才上呢!"妈妈乐呵呵。

桂宝咧开嘴笑,似醉了。

"桂宝,你明天就得上幼儿园啦!中午还得在幼儿园睡觉!"爸爸故意破坏氛围。

桂宝正色,冷冷地说:"我睡不着!"

"睡不着,也没关系。安安静静躺着,想想心事吧!"妈妈柔声诱导。

"我偷偷爬下床,逃出门,找妈妈去!"桂宝一本正经,似乎早已精心预谋。

…………

桂宝想"越园"?老师们,当心啦!

不背诗，会死吗？

桂宝最近喜欢上了科普读物《揭秘地球》，对人造地球卫星尤其感兴趣。

妈妈立即下单，给桂宝买了有声"地球学习仪"。

整个上午，桂宝玩得忘乎所以。

临近中午，枯坐在电脑面前写论文的妈妈突然呼唤："桂宝，别玩地球仪了，快过来，妈妈教你背唐诗！"

桂宝不情不愿蹭到妈妈跟前，冷静地问："为什么要背诗？"

"爸爸，你给他解释吧，你是作家，这是你的专长！"妈妈赶紧"甩锅"。

"嗯……嗯……是这样子……嗯……"桂宝爸语塞,不接"锅",静观其变。

妈妈只好迎难而上,温柔地说:"唐诗是我们国家优秀的文化……就像长城、大熊猫,都只有中国才有哦。中国人就要知道中国的东西呀……"

桂宝突然插话:"我要做中国人!"

"如果你不背诗啊……"桂宝妈故意停顿。不背诗的严重后果,全都清晰地灌注在声音和表情里。

"不背诗,会死吗?"桂宝小心翼翼地问。

爸爸强忍着才没有笑出声。

"哦……不……这个嘛……倒不会死。不过……"妈妈强作镇定,探头大声喊,"孩儿他爸,把我的手机拿过去,陪桂宝背一首唐诗吧。这个视频相当棒,皮皮、木子……都加入了。约好了,一起背古诗。开学后,大家要对话的……"

放假前,妈妈在网上团购了一个少儿古诗文视频课程,据说相当不错。

爸爸只好硬着头皮接"锅"。

"桂宝,来,爸爸陪你看,这个视频可有意思了。你看啊,现在是冬天,是不是下大雪了啊?到处都是雪。你看啊,那些山,全都覆盖了厚厚的雪。鸟儿们去哪里了呢?"

"在家里睡觉呢。"桂宝回答。

"嗯,外面太冷了,他们躲在鸟窝里取暖呢。所有的山上,看不见一只鸟儿呢。嗯,跟爸爸一起念,'千——山——鸟——飞——绝'。"

"前——三——鸟——飞——呢!"桂宝噘着小嘴跟读,含混不清。

"桂宝,你不开心吗?你看,这诗多美啊。到了冬天,爸爸开车带你出去看雪,就去这视频里的地方,好不好?"

桂宝沉默。

"桂宝,你看,那些山路上有没有人啊?"

"爸爸,我没有看见山路,也没有看见人。"

"嗯,桂宝观察仔细,很棒。跟爸爸一起念,'万——径——人——踪——灭'。"

桂宝嘟着小嘴儿小声念："万……人……爸爸，我不会！"

"你看，那条小船上是不是坐着一个老爷爷啊？他在钓鱼呢。他家没有吃的了，必须钓鱼回家做饭呢。你看，他头戴斗笠，斗笠就相当于爸爸给你买的帽子。老爷爷身披蓑衣，蓑衣就相当于妈妈给你买的雨衣。跟爸爸念，'孤——舟——蓑——笠——翁'。"爸爸不理会桂宝的话，继续循循善诱。

"爸爸，我想玩地球仪！"

"好吧，走，我们玩地球仪去！"爸爸说，"桂宝，往后，你最好告诉别人，你的爸爸妈妈是教'外星文'的。"

接"宝宝"

住校内,每天早上就不必匆忙。大多数时候,桂宝睡到自然醒,起床后,总是东游西荡,或者晃悠悠走进次卧搭积木,或者蛮横地要求大人"给我开电视"。

"我可不磨叽,桂宝这个习惯随谁?"妈妈含沙射影。

"我磨叽吗?桂宝还不是你惯的!居然早上还允许他看一集《汪汪队》?"爸爸满脸不屑。

"从明天开始,得训练桂宝的时间意识!"

"男孩子,磨磨叽叽可不好!"

爸爸妈妈快速化干戈为玉帛,矛头一致对准

桂宝。

晚上,一家三口遛弯儿。毕业生刚离校,在校生进入考试周,校园空荡而静谧。

"桂宝,你每天上学都迟到,以后,同学们一定会叫你'迟到大王'!你喜欢同学们这样叫你吗?"妈妈笑呵呵地问。

桂宝高声嚷嚷:"不!不!不!"

"不想被同学们叫'迟到大王',你就得改掉早上起来东一下西一下的臭毛病!"爸爸板起面孔,"从明天早上开始,谁要是再说看电视,谁要是再允许谁看电视,我就让他去卫生间罚站!"

"桂宝,你听见了吗?我们要被爸爸罚站哦。"妈妈蹲下身,附在桂宝耳边神秘兮兮地说,"我可不想被罚站。所以,从明天开始,我是不会允许你看电视的。"

"我也不想罚站,我不会看电视了!"

爸爸妈妈相视一笑。

睡前,爸爸妈妈再一次成功演了双簧。

早上,桂宝醒来,还真不磨叽了。三个人很快收拾停当。妈妈看了看幼儿园的食谱,决定送桂宝去幼儿园吃早餐。

爸爸妈妈背着大包小包,桂宝驾着滑板车,嘻嘻哈哈出了门。

路上,只碰见三两个上幼儿园的孩子。还有20分钟才开园门,妈妈陪着桂宝在门口玩耍。

"我们像家长接宝宝放学一样在外面等着。"桂宝说。

终于可以进园了。桂宝站在小(五)班门口,朗声对金瑛老师说:"金老师,我是家长,我来接我的宝宝。"

"桂宝,你的宝宝是谁呀?"金老师的娃娃脸上始终挂着微笑。

"是木子!"桂宝自信满满。

匆匆忙忙进进出出的大人们全都忍俊不禁。

木子是桂宝的同班同学,两个人每天形影不离。

爸爸，你也喝吧！

再过几天，就是新学期。桂宝升小班，需提交体检报告。指定的体检医院——北京市妇幼保健医院东南院早上 7：30 开门。需验血，得空腹。所谓空腹，就是六个小时之内不准饮食。对于三岁多的小朋友来讲，这显然是个难关。

担心长时间不让吃喝，桂宝会哭闹。妈妈一直纠结，隔三差五，各种碎碎念。一拖再拖，终于下定决心：8 月 22 日一大早，体检去，风雨无阻。

头一天，从早到晚，妈妈逮着机会就做心理辅导："桂宝……去医院体检……不能……不能……不能……体检了，就能上幼儿园了。幼儿园里又来了好多小朋友,还有好多新玩具……"

"我知道了。好的。"桂宝回答得倒是痛快。

为了尽可能缩短桂宝不能饮食的时间,爸爸妈妈决定赶在 7:30 之前到达医院。临睡时,兵临城下一般,做好了各种准备。

天气预报说"有暴雨",但全家不得不在早高峰出行。若一路畅通,车程也至少需要 50 分钟。

清晨 6 点,桂宝醒了。

妈妈柔声唤:"桂宝,起床了,去医院体检。"

"好!不能喝水!不能吃饭!"桂宝抢答,一骨碌爬了起来,"走喽,体检去了哦!"手舞足蹈,跟去游乐场一般。

爸爸妈妈赶紧胡乱拾掇个人卫生,二十分钟内,一家三口背着包,手牵手,出门去。

"我饿。"桂宝说。

爸爸妈妈面面相觑,如临大敌。

妈妈赶紧安慰:"桂宝乖,忍一忍。不然,就体检不了了,就上不了幼儿园了。"

还好，桂宝没坚持要吃要喝。爸爸妈妈如释重负。

糟糕，爸爸打不着火。可能是前天深夜自驾归来，泊车后忘记关车前灯，耗光了电瓶里的电。

妈妈来不及抱怨，爸爸来不及自责，赶紧叫网约车。

很快，网约车到了。居然一路畅通，7点15分就到达医院。

我的天啊！这妇幼保健院人山人海，水泄不通，谁能保健谁？大的叫，小的嚷；哭的哭，喊的喊，一片兵荒马乱。

"爸爸，你抱桂宝在大厅等着，我去四楼填单、划价。"妈妈风风火火地指挥。

抱着个"小火炉"，爸爸浑身冒汗，口干舌燥，想喝水。当然，得忍着。还好，桂宝没吵吵"渴了"。不过，桂宝吵吵着"找妈妈"。

生怕桂宝"哇啦哇啦"，爸爸赶紧上楼帮他找妈妈。

"桂宝爸爸,你抱桂宝去交费窗口排着,节省时间!"妈妈继续风风火火地指挥。

爸爸遵命,抱着"小火炉"汗水滴答地排长队。

一个和桂宝差不多大的小男孩肯定是饿了渴了,哭得山崩地裂。

桂宝好奇地问:"爸爸,他为什么哭?"

爸爸蹭了蹭桂宝的小脸低声说:"他是个胆小鬼!"

"怕打针吗?我勇敢,一点儿都不怕!"桂宝神情自若。

"桂宝真棒!"爸爸低声夸赞。

长龙蠕行,看不见首和尾。妈妈淹没在另一个长龙里,根本找不到。

"好慢呀!找妈妈!"桂宝开始在爸爸身上使劲儿扭动,碎碎念。

"妈妈一会儿就来找我们,桂宝乖,听话啊。不能走哦,走了,就白排了。你看,很快就轮到我们了。"爸爸努力保持淡定、从容,心中却似猫爪抓。

为了安抚桂宝,爸爸低声唱起自己胡乱编的儿歌:

> 大卡车,好大呀,
> 轰隆隆,跑得快。
> 跑那么快干啥呀?
> 给桂宝送好玩的啦。
> 小桂宝,乖又乖,
> 不胡闹,妈妈很快就来啦。
> 吧吧叭叭……
> 吧吧叭叭……

爸爸总算让桂宝安静下来了。妈妈终于出现了,就像天亮啦!爸爸赶紧把这个"大麻烦"塞给妈妈。很快就接近交费窗口了。

妈妈冲锋在前,爸爸抱着桂宝紧跟在后。走楼梯,去一楼大厅抽血。

依然是人山人海,依然是大喊大叫哭声一片。

不过,效率还挺高,很快就轮到了桂宝。

桂宝跟护士阿姨打招呼:"Hi,阿姨你好!"

这小子啥时候学会了"Hi"?

"真乖,小朋友。不害怕啊,阿姨轻轻的,一点儿感觉都没有。"绷着脸的阿姨立即笑逐颜开。

"不怕!我勇敢!"桂宝有点儿小紧张,却还不忘自夸。

针头扎进小血管,桂宝只是哆嗦了一下。很快,大功告成。爸爸妈妈喜不自禁,没啥多说的,赶紧饮食吧。

回到挂号处,妈妈风风火火去填写体检报告快递单,爸爸抱着桂宝在出口处等候。四处,依旧人声鼎沸,一片狼藉。

爸爸渴了,让桂宝坐在高高的架子上,乜一眼地面。

桂宝立即指了指地面说:"危险,我不会乱动!"

爸爸亲了亲桂宝,真的觉得这娃娃很懂事。

拧开矿泉水瓶盖,爸爸说:"桂宝,你喝吧。"

桂宝喝了两大口,说:"饱了。"然后,把矿泉水瓶推到爸爸嘴边,暖暖地说:"爸爸,你也喝吧。"

一瞬间,爸爸眼热心潮,有一种和娃娃"相依为命"的感觉。

爸爸拧好瓶盖,正欲放回背包里。桂宝已经帮爸爸拉开背包,说:"放进来吧。"

爸爸再一次眼热心潮。娃呀,你这眼力见儿,跟谁学的?

乘坐网约车回家后不久,暴雨倾盆。

桂宝的那两个小举动,让爸爸一想起就沉浸在幸福中,赶紧提起笔记录下这些零零碎碎……

陪玩爸爸

吃过中午饭,妈妈准备去打乙肝疫苗,顺便做头发。不想带上桂宝这个"大累赘",谎称:"妈妈上班去,表现乖的话,给你带蛋糕回来。"唯有去"上班班",桂宝才肯放行。出门前,桂宝求妈妈抱抱,嗲声说"就一下下",待心愿满足了,便潇洒地说:"妈妈再见,早点儿回来。"

妈妈不在家,桂宝就黏爸爸,跟影子一样。难得陪陪桂宝,爸爸心无旁骛,把时间全都花在桂宝身上。看他搭积木,陪他看图画书,给他讲故事。他说"有鼻涕",爸爸赶紧递纸巾;他喊"要嘘嘘",爸爸赶紧抱起他跑向卫生间;他说"我饿了",爸爸赶紧去厨房翻摸吃的;不待他说渴了,爸爸便递上水杯……他嘴巴漏水,衣服弄湿了一小块。这个有洁癖的小人儿,立即嚷嚷"不舒服,换衣服"。没什么好说的,立即换。三岁了,这些个人的事,其实他基本上会做。明知道应该提早训练他的自理能力,但是,爸爸很享受伺候这个"小祖宗"的过程。清醒地溺爱,理智地把他培育成了"温室里的苗"。痴心、痴情、甚至痴愚,这就是大多数做父母的真实写照。

桂宝睡午觉一直不规律,想睡了倒头就睡,或者根本不睡。为了让桂宝适应在幼儿园睡午觉,爸爸妈妈开始有意识调整他的作息时间。

快下午一点钟了,爸爸说:"桂宝,我们是好哥们儿,一起上床睡午觉吧。"

桂宝冲过来,抱住爸爸兴奋地说:"好哥们儿,睡觉。"

父子俩相拥着躺床上,桂宝翻来覆去,睁着眼睛,努力入睡。爸爸哼《父亲的草原母亲的河》,

那是桂宝的胎教音乐之一。很快,桂宝就迷糊睡去。这一招屡试不爽,爸爸颇为得意。

三点多,桂宝醒了,开口就问:"妈妈怎么还没回来?好慢啊!"

桂宝一副懵懵懂懂、混混沌沌、想哭的样子。爸爸抱着桂宝,坐在沙发上"缓冲缓冲"。

桂宝乞求:"看会儿电视吧,就半个小时。"胡乱举起了三个小指头,恳切地看着爸爸的眼睛。

爸爸受不了那温柔而执着的小眼神,痛痛快快说:"看吧,就半个小时。"

桂宝立即两眼发光,挣脱爸爸的怀抱,爬到沙发角落里,找到了最舒服的坐姿,做好了看电视的所有准备,嘟囔着:"就看半小时,我自己去关。"

"只能看半小时",是妈妈规定的。因此,每逢母子俩发生关于看电视的冲突,爸爸总是保持沉默。小娃娃长时间看电视,肯定不好;不让看电视,又矫枉过正。只能折中,适当看电视。这个"适当",还真是一门学问。电视里猫和老鼠正在争斗呢,突然就要求关电视,确实不近人情,换谁都得抓狂。

还好,动画片一般 10 分钟一集,很"儿童本位"。桂宝看得嘻嘻哈哈痴痴傻傻,神思全都融进了屏幕里。爸爸观察桂宝看电视,感觉比看电视更有意思。很快,一集结束了。桂宝瞥了爸爸一眼,意犹未尽。

"桂宝,看我干什么?"爸爸明知故问,"半小时到了,去关吧。"

桂宝不挪窝,眼睛还盯着屏幕上的广告,情不自禁跟着含混不清地唱。爸爸忍俊不禁,也不忍心强行中断了他的兴致。只好说服自己:"宽容一点儿吧,不就是多看了一会儿电视。约定的是半小时,才 15 分钟,不能欺负娃娃没有时间概念呢。反正他妈妈也不在家。"

第二集很快也看完了。

"桂宝,关吧!"爸爸说。

桂宝伸了伸懒腰,还想继续看。

爸爸沉下脸说:"你主动关,爸爸给你点赞;你要不去关,爸爸还得关,妈妈回来就给爸爸点赞。"

桂宝迅速溜下沙发，果断关了电视。然后，一边给自己鼓掌，一边要求爸爸给他鼓掌。

接下来，爸爸和桂宝一起继续想办法，打发这"百无聊赖"的童年时光。搭积木，听故事，讲故事……老三样，难怪娃娃时不时有"审美疲劳"。小小人儿动不动就说："不好玩，没意思。"爸爸不忍心告诉桂宝：这就是生活的常态，这就是人生的常情。

爸爸理解桂宝，尽可能把这些"无聊""没意思"变得有滋有味。很遗憾，爸爸的童心似已"泯"，只能在周末，全家总动员，自驾带桂宝去远方，去寻找更多的新奇。

听见钥匙转动锁芯的声音，正在搭建城堡的桂宝扔下积木快速起身，大声喊："妈妈终于回来了！"

"桂宝，别赤脚！"爸爸提醒道。

桂宝只好站在地毯边缘，等待妈妈送拥抱过来。

"妈妈，我没哭，也没闹，听话，乖！"桂宝照例邀功，摇头晃脑，含混不清。

"蛋糕呢？"爸爸问。

"桂宝，你看，这是什么？"妈妈晃了晃手里的小盒子眉飞色舞。

满屋子的笑声。

爸爸临时约了晚上7点到9点打羽毛球，趁桂宝吃蛋糕，赶紧说："桂宝，爸爸晚上要上班，妈妈在家陪你啊。"

桂宝坚决地说："爸爸，不要上班！天都黑了，办公室都关门了，还上什么班呀？"

妈妈冲着爸爸挤眉弄眼，一脸坏笑。

这谎，撒得忒弱智了！爸爸无言以对，只好默默地走开。

爸爸换好球衣，桂宝瞥见了，大声说，"爸爸，你是去打羽毛球啊？我也要去！"

爸爸傻眼了，任何解释都是苍白的。带个娃娃去球馆，这球还能打吗？

爸爸只好说："桂宝，等你长大了，爸爸陪你打！"

桂宝说:"不,就现在!"

"桂宝,快吃蛋糕啊!吃了蛋糕,还可以看会儿电视。妈妈陪你,让爸爸去打吧,跟爸爸说再见。"妈妈赶紧解围。

"你去玩吧!爸爸,再见!"桂宝挥了挥手,声音响亮。

爸爸背着球包出了门,恰似落荒而逃。

在去球馆的路上,爸爸深刻反省:骗谁呢?撒谎可不好!

接受惩罚

1

周五一大早,爸爸乘坐高铁去湖南祁东做讲座。

临行前,桂宝蹭到爸爸跟前眼巴巴地说:"爸爸,我跟您一起去出差吧!"

"你听说哪个小孩会跟爸爸一起出差?爸爸出去工作,不是旅游。如果是旅游,我肯定带你一起去。"爸爸正色道。

桂宝情绪灰暗,还是小声嘟囔:"我想跟爸爸一起去出差。"

"桂宝,你不去上幼儿园了?不想吃幼儿园的美味早餐了？不想见到金老师和杨老师她们了？不想跟木子、皮皮他们一起玩耍了？不想上英语和科学课外班了？"妈妈牵着桂宝的手表情夸张地问。

"那好吧，我还是去上幼儿园。爸爸，给我带个礼物回来吧！"桂宝的情绪又恢复正常。

养成索要礼物的习惯可不好，爸爸没有接茬儿，假装没有听见。

深夜，爸爸在祁东的宾馆里突然接到妈妈的视频电话。

"笑死我了，你儿子居然会挑拨离间了。我们刚刚读完睡前故事躺下了，桂宝突然说：'妈妈，爸爸出差了，您今天晚上不用听爸爸的了，您只需要听自己的，您开心吧？'我说：'我要把这段话告诉你爸爸，爸爸会伤心的。'"

爸爸满脸山花烂漫，"呵呵呵"笑着。

"爸爸，您记下来吧。爸爸，您还没说'我儿子真厉害，会说这样的话'呢。"桂宝兴奋得在床上滚翻。

"桂宝,你哪来的自信?在我们家里,谁是老大,你还不明白吗?"爸爸笑嘻嘻说,"我是不是平时有些严厉?看来,桂宝已经感受到爸爸不在身边的自由了。"

2

讲座结束,爸爸不愿停留。深秋,衡阳不闻雁鸣。周六午夜,爸爸兴冲冲乘坐高铁回家。9小时车程,爸爸不觉得累。乘客稀落,车厢里异常安静。终于得闲,整理好"小屁孩桂宝"系列文稿,辑成"出生奇遇记""亲子美妙时光""美好童真童趣""哭哭笑笑入学记"和"斗智斗勇驯桂宝"等内容。52个月,记录桂宝成长的点点滴滴,累积成10多万字。孕育、出生、成长,迄今1800天。酸甜苦辣,爸爸回首,心里皆是暖暖的、满满的。

到家时,桂宝早已呼呼大睡。爸爸看了看那张香喷喷的小脸儿,倦意立即消散。

一大早，桂宝醒来。伸手摸到了爸爸，惊喜地问：“爸爸，你回来了？今天，我们开车去奥森公园玩吧。”

"没有问题，我们约上木子吧，好多个周末都没有一起骑车玩耍了。"爸爸拥着桂宝，示意妈妈给木子妈妈打电话。

妈妈摇了摇头欲言又止。

"怎么了？"爸爸一脸狐疑。

"桂宝，前天和昨天妈妈都忍着没有批评你。现在，妈妈必须认真跟你谈谈。你和木子是好朋友，当木子在幼儿园里表现好，得到了老师的表扬的时候，你应该为他鼓掌啊，你为什么要欺负他？你这就叫忌妒！这种品行可不好！你得到了老师的表扬，木子欺负过你吗？别的小朋友欺负过你吗？你要是一直这样，哪个小朋友愿意跟你玩？即使小朋友原谅了你，小朋友的爸爸妈妈也不会原谅你。你想想吧，要是有个小朋友经常欺负你，爸爸妈妈会愿意让你经常和他一起玩吗？"妈妈忧心忡忡地说。

桂宝伸手捂住妈妈的嘴巴。妈妈一把撸开桂宝的手，表情严肃，声音提高了许多："张桂宇同学，我可不是跟你闹着玩的。如果我周一下午放学来接你，还听到老师反映你表现不好，我往后就不来接你了，让你爸爸去接你。幸亏木子的妈妈大方，反过来还心疼你，叮嘱我回家不要批评你。你今天还好意思约木子一起玩儿？把木子约出来，就是让你欺负啊？"

妈妈越说越气愤。

桂宝安安静静地躺着。

没想到桂宝还闹出了这一出，爸爸非常生气，努力控制着情绪，冷冰冰地说："即使木子今天有空，即使木子愿意，今天也不允许你跟他玩。这是对你的惩罚！只有你不再欺负木子了，我们才会把他约出来让你们一起玩儿！"

"不！不！不！"桂宝高声抗议。

"老婆，我们起床，我们做我们的，我们都不要理睬这个没有礼貌的孩子了。桂宝什么时候意识到自己的错误了,才是我们的乖儿子。"爸爸铁面无私。

爸爸妈妈一声不吭,各做各的,把桂宝晾在一边儿。

僵持了几分钟,桂宝附在妈妈耳边小声认错。

"大声点儿,说清楚,究竟错在哪里?"妈妈虎着脸大声说。

"我不该欺负木子……木子表现得好,我应该给他鼓掌……"桂宝的声音还是很轻。

"虽然你已经承认了错误,但我还没有看到你的实际行动。因此,你今天还是不能和木子一起玩儿。等下周,你表现好了,我们再约。再说了,木子家周末也有自家的安排,不是每周都得在一起玩儿。有时候,你也需要学会和爸爸妈妈一起玩儿。"妈妈的声音柔和了许多。

"嗯,妈妈说得对,我支持!"爸爸赶紧敲边鼓,"正好,我要回北苑家园交物业费和采暖费,如果约了木子,哪好意思让别人陪着我们处理自己家的事情?"

"好吧,我今天自己玩耍!"桂宝爽快应允,嘻嘻哈哈,满屋子游弋。

妈妈低声对爸爸说:"我们两个都还算平和,他怎么会有这样的性情?"

"忌妒是一种本能。往好的方面说,要强,希望自己更好。小孩子,不会压抑自己的情绪……这个,确实不好,得想办法让他接受别人的优秀,以及承认自己的不优秀。奇了怪了,我们可从来没有怂恿他'一定要争第一'……"爸爸说。

3

新学期,各种忙碌,爸爸妈妈还是第一次带桂宝来奥森公园北园。深秋了,园里,草枯黄,叶灿烂。桂宝被满地的松塔吸引,兴致勃勃捡拾,在灌木间钻进钻出,来来回回不断把松塔运送到草地上,"要为自己搭建一个三居室"。

妈妈奉命，蹲在草地上，帮桂宝守护"松塔宝藏，不要让小偷给偷走了"。爸爸担心桂宝被藤蔓荆棘伤着了，站在林间守护。

"爸爸，我们钻进了密林深处，我们在探险，我们在寻找宝藏，好玩吧？"桂宝说。

什么时候学会了"密林深处"这个词？爸爸有些诧异。

"桂宝，你找到宝藏了吗？"爸爸问。

"找到了，松塔就是宝藏！太多宝藏了，搬运不完。"桂宝兴奋地说。

"一只手只拿一个松塔，当然搬运不完啊。你得想想办法，提高效率。看，像爸爸一样，你一只手也可以抓两个的。还有，把左手上的棍子扔了，不能一心二用，不能啥都抓到手里……"爸爸叮嘱。

很快，桂宝和妈妈在草地上搭建起了"属于桂宝的三居室"。

一个陌生的大哥哥从桂宝身边走过，猛地飞脚，把桂宝辛辛苦苦搬运来的松塔踢飞。桂宝怔怔地看了一眼,似乎没有任何感觉,兀自继续过家家。

大哥哥的爸爸妈妈就在身旁陪着,居然没有任何表示。

妈妈瞟了他们一眼,继续乐呵呵地跟桂宝过家家,轻声说:"桂宝,你看,大哥哥多没有礼貌啊!你欺负木子,是不是就像这个大哥哥啊?"

爸爸站在一旁,一边拍照,一边摇头。

"桂宝,爸爸发现了新的宝藏,要不要一起去寻找?"爸爸突然高喊。

"什么宝藏?"桂宝欣喜若狂。

"跟我来吧!"爸爸神秘兮兮,跑向了一大片红豆树林,"这是红豆!美不美?"

"能吃吗?"桂宝问。

"应该可以吃,可能,这种果子并不好吃,所以没人吃。我们来背一首关于红豆的诗吧?"

"好!"桂宝满眼期待。

"红豆生南国,春来发几枝。愿君多采撷,此物最相思。"

"红豆生南国,春来发几枝。愿君多采撷,此物最相思。"

4

午餐时间,爸爸驱车回到北苑家园。

"这是北苑家园啊!这是北苑家园啊!"桂宝一进入小区便坐立不安,"我们啥时候搬回来住?我们不要这个家了吗?"

桂宝在这里生活了三年,一直念念不忘。

餐厅里,一对年轻的父母用手机给孩子播放儿童歌曲,非常吵闹。

桂宝捂住耳朵对妈妈说:"太吵了,你让服务员说说他们。"

"那个小朋友还小,不放歌曲,他的爸爸妈妈就不能安心吃饭。我们原谅他吧。所以,往后,你也不要在公共场合高声说话,会影响别人的。"妈妈说。

"你安心吃饭,就会忘记吵闹。你听,外面有各种各样的嘈杂声呢。这不是家里,你就得适应各种噪声……你不能要求别人都随你的心意……"爸爸说。

桂宝接受了小朋友的父母制造的噪声。

5

傍晚,桂宝坐爸爸腿上,陪爸爸看女排世锦赛——中国队对美国队。

桂宝不停地解说:"我希望中国队赢,因为我是中国人!"

"爸爸,谁赢了?"

"这个球,美国队赢了。"爸爸说。

"我不希望美国队赢。"桂宝有些沮丧。

"不能让别人一分都不得啊。就像你在学校里,也得允许别的小朋友表现优秀一样。"爸爸借题发挥。

"那就让美国队得两分吧！"桂宝说。

"怎么有个大妈也在场上打球？"桂宝指着留着爆炸式卷发的黑人球员阿金说。

爸爸瞬间笑喷，不便解释，就不接话茬。

"爸爸，怎么还有个男的在场上打球？"桂宝指着留着超短发的中国队员胡铭媛问。

爸爸笑着说："那个姐姐不是男的，打球会出很多汗，留长头发不方便……"

周一一大早，桂宝醒了，非常兴奋，说："上幼儿园去！"

下了床，穿好衣服，坐在沙发上，突然一声不吭，神情抑郁。

"桂宝，你怎么了？你怎么不开心了？"妈妈柔声问。

"妈妈，我就在家里玩吧？"桂宝小声嘟囔。

"妈妈要上班，爸爸也要上班，家里谁陪你玩？"妈妈说。

"那好吧，去幼儿园！"桂宝小声说。

"桂宝，你为什么心情不好？是不是因为今天天气阴沉沉的？"妈妈不放心，继续追问。

"嗯，今天没有太阳！"桂宝的声音软塌塌的。

爸爸赶紧蹲到桂宝跟前，抱着桂宝，柔声问："桂宝，你是不是害怕今天在幼儿园表现不好，害怕老师和妈妈批评你？"

桂宝的小脸紧紧地贴着爸爸的脸，用力搂着爸爸。

爸爸拍着桂宝柔声说："桂宝不要怕，不用担心。今天，小朋友表现得好，你给他们鼓掌，老师就会表扬你，爸爸妈妈也会表扬你！"

"一会儿，我送你去幼儿园，我跟金老师说一下，金老师会帮助你，怎样为表现好的小朋友鼓掌。桂宝，你不要担心啊！"妈妈接嘴。

唉！看来，孩子面临的压力一点不比家长小啊！

桂宝正在教室里吃早餐，见到木子妈妈在门口送木子，赶快放下碗筷，跑过去说："阿姨，真的很道歉（抱歉），我不该弄木子，您能原谅我吗？"

木子妈妈有点意外，和颜悦色地说："没关系的，桂宝！"

桂宝望着木子阿姨，说："相信我，我以后再也不会这样了。"

木子妈妈摸摸桂宝的头，说："阿姨相信你桂宝，我知道了，快去吃早饭吧。"

桂宝有点不好意思，又像获得了被信任的力量，赶紧跑向正在签到的木子……

盼爸爸回家

爸爸带学生去美国游学,来回得 25 天。

这是爸爸第一次和桂宝长时间分离。

"桂宝,接下来好多天,你都见不到爸爸哦,只有妈妈和二姑在家陪你。桂宝要乖哟,不能吵着要爸爸。想爸爸了,就跟爸爸视频聊天。爸爸回来会给桂宝带好多礼物。"临行前的几天,爸爸妈妈得空就给桂宝做思想工作。

桂宝随口"哦哦哦"地答应着。偶尔,会说"我跟爸爸一起去",或者说"不准爸爸去美国"。

爸爸妈妈都有些焦虑,但忍着不说。

飞往美国那天,担心桂宝哭哭啼啼,爸爸趁桂宝睡着了便独自离开。

桂宝醒来,问:"爸爸呢?怎么还不回来?"

"爸爸去美国给你买礼物了。"妈妈故意轻描淡写。

桂宝说:"我不要礼物,我要爸爸回来。"小嘴一瘪,瞬间,涕泪交加。

爸爸离开的最初几天,桂宝动不动就提起爸爸。

早餐,吃着豆腐脑儿,桂宝说:"给爸爸留点儿!"

"留到你爸爸回来,豆腐脑儿就坏了!"妈妈酸溜溜地提醒。

斗嘴的时候,桂宝说:"妈妈和二姑是小捣蛋,爸爸和桂宝不是!"

爸爸不在家的日子,爸爸在桂宝眼里啥都好。看来,"远香近臭",也是儿童的本能认识。

某一天,桂宝一觉醒来,嚷嚷:"我要和爸爸视频聊天!"

妈妈说:"爸爸那边是半夜,爸爸正在睡觉呢!"

桂宝"哦"一声,赶紧说:"那就不要视频聊天了,让爸爸好好睡觉吧!"

妈妈嘀咕:"还真疼你爸爸呢,妈妈睡觉的时候你为什么总是推醒妈妈?"

和爸爸视频聊天时,桂宝又总是漫不经心。看着视频中的爸爸,桂宝好像感到有点儿陌生,还有点不好意思,喊一声"爸爸好"就跑开了,隔一会儿又跑过来,推开妈妈,说:"让我看看。"

桂宝独自玩游戏,偶尔,会突然低声说:"爸爸怎么这么慢啊,还不回来?"

妈妈赶紧接嘴:"有妈妈和二姑陪你,不是很好吗?"

桂宝说:"玩腻了!"

妈妈感叹:"敢情你和妈妈、二姑天天在一起,已经有审美疲劳了?"

爸爸妈妈和桂宝对话,从来不回避那些"非儿童本位"的词语,更不会刻意用"娃娃腔"。

爸爸扫货归来,通过视频展示给妈妈看。

正在搭乐高的桂宝赶紧凑过来,黑着脸问:"我的呢?"

呵呵,物欲,也是儿童本能呢。看见了自己的礼物,桂宝赶紧说:"谢谢爸爸。"然后,出其不意,"叭叭叭叭"地亲了亲屏幕上的爸爸。

爸爸眉开眼笑,心里暖暖的。

桂宝说:"爸爸,你赶紧出来吧,我要你现在就回家!"

爸爸不敢接嘴,妈妈赶紧岔开话题。

离开家的第三周,爸爸每天掰着指头数日子。爸爸好多年都没体验过"心猿意马"和"坐卧不宁"了。

归期在即,爸爸提前两天就收拾好了行李。听说爸爸要回来了,桂宝每天都嚷嚷"我要去接爸爸,现在就去",异常亢奋。

爸爸预计中午 12 点左右到达。

一大早,妈妈带着桂宝回学校等候。出门前,桂宝一本正经叮嘱二姑:"二姑,我和妈妈接爸爸去了,你在家给爸爸做好吃的,煮腊肉和香肠吧!"

妈妈和二姑忍俊不禁。

爸爸刚下车,就听见桂宝声嘶力竭地喊"爸——爸——爸——爸——"。只见桂宝甩开妈妈,独自冲了过来,小小的身子剧烈摆动。爸爸顾不得提行李,赶紧蹲下身张开了双臂。

汗涔涔的桂宝猛地扎进爸爸怀里,不停地喊"爸爸""爸爸",伴随着小动物般的"咕哝""喃喃",小身子不停地哆嗦,小脚不停地踮着,小手不停地揉着爸爸的脸。太忘情了,以至于不知道如何是好。

妈妈看得发傻。

爸爸一手牵着桂宝,一手划拉行李。桂宝赶紧挣脱爸爸,撅着小屁股帮爸爸推行李。爸爸乐呵呵,把桂宝抱到行李箱上推着走。

桂宝居然没向爸爸索要礼物,爸爸正后悔把所有礼物都打包到箱子里了呢。

驱车回家的路上,爸爸逗桂宝:"给爸爸准备啥好吃的了呢?"

腊肉、香肠,还有泡菜,还有……桂宝如数家珍。

爸爸全然忘记了时差的困扰,感慨"回家,真好"。

一进家门,桂宝就冲着厨房大声喊:"二姑,我回来了。"转向门口,"爸爸也回来了。你给爸爸煮好腊肉、香肠了吧?爸爸饿了!"

爸爸、妈妈和二姑看着桂宝,笑而不语。

爸爸回家的最初几天，桂宝寸步不离爸爸。爸爸上厕所，桂宝也跟着。早上一睁眼，居然喊的是"爸爸"。爸爸提出的任何要求，桂宝都一一满足。

爸爸给桂宝买的礼物，不管是吃的穿的还是玩的，桂宝好像都不在意。

童话男孩

1

春天来了,小区里亦满园春色。

某周六上午,妈妈陪桂宝在楼下小花园里荡秋千。桂宝突然扭头对妈妈说:"昨天晚上我做梦了,梦见了人行道和大马路。"

妈妈还没来得及笑,旁边一个不认识的阿姨忍不住哈哈大笑,说:"这孩子,也就三岁吧?还会做梦?"

很快,妈妈和陌生的阿姨聊得火热。

"我还梦见了梦呢!"桂宝自言自语。

"桂宝，梦是啥样子的啊？"妈妈好奇地问。

"梦是个大大的妖怪！但是，我不怕它，我还和它一起玩耍呢。"桂宝说得跟真的一样。

"这孩子，真好儿玩！"陌生阿姨眉开眼笑。

"他爸爸昨天晚上陪他读了一本讲大噩梦故事的绘本……"妈妈和陌生阿姨继续拉家常。

下午，爸爸开车带着一家子去奥森公园北园看春天。

这园子非常开阔，而且，人工雕琢的痕迹不多。天气不错的日子，爸爸妈妈只要有空就带桂宝来这里消磨时间。今年的春天来得稍早，才三月下旬，榆树都已满树嫩绿了。几只大块头喜鹊披着满身纯正的黑和白，叽叽喳喳，时起时落，满树的喧闹。

桂宝拼命仰着头，伸开双臂，咬着嘴唇往上跳，喘着粗气喊："小鸟，小鸟，你快下来嘛，和我玩儿嘛！"

爸爸妈妈笑眯眯地看着桂宝异想天开。

桂宝蹦累了，站在原地不动，但眼珠子不闲着。

看见了一根长长的枯枝,赶紧捡起来,高高地举向空中。够不着喜鹊,只好用力敲打树干。喜鹊们立即"扑棱""扑棱"飞走了。桂宝扔下棍子,抱着脑袋,满脸懊恼。

"桂宝,你用棍子邀请喜鹊和你玩吗?嗯,喜鹊们真不够意思,怎么就飞走了呢?看来,喜鹊比桂宝还小气呢!喜鹊多没爱心啊,桂宝很不开心哦,也不飞回来安慰安慰桂宝!算了,我们不理喜鹊了,爸爸陪桂宝玩躲猫猫吧?"爸爸搂着桂宝,完全回到了童年。

晚上,桂宝坐在玩具学习桌前,玩农场主题的学习游戏。

界面上,出现了一只可爱的小鸡崽儿。桂宝指着小鸡,扭头对妈妈说:"我要养这只小鸡,假装它是我弟弟。"

"儿啊,你有都渴望当哥哥啊,连只鸡都不放过!"妈妈哈哈大笑。

学习游戏玩腻了,桂宝起身去客厅"做火锅"。

"这是酱油!"桂宝拿着矿泉水瓶跟妈妈介绍,一副小服务生模样。

妈妈夸张地问:"桂宝,酱油真的是这种颜色?"

桂宝淡定地回答:"这是新型酱油!"

"不错不错,我儿子反应还挺快!"妈妈搂着桂宝"叭叭""叭叭"地亲。

2

傍晚,桂宝放学,跟妈妈回家。进了电梯,遇见一个抱着小狗的陌生阿姨。

阿姨很友善,笑嘻嘻地逗桂宝:"小朋友,你上幼儿园了吗?"

桂宝点了点头,大声反问:"阿姨,你家的小狗狗上幼儿园了吗?"

阿姨一本正经回答:"我们家的小狗不乖,这两天没上!"

桂宝满脸得意。

阿姨和桂宝，你们欺负小狗不会说话啊！这只倒霉的小狗！这个超级有爱的阿姨！当然，桂宝也满可爱的。

转眼，就是元旦。小（五）班联欢，桂宝和小朋友们合唱《星星的心》——

> 天空就像爱的大家庭，
> 好多星星都住在一起。
> 夜晚来临点亮了自己，
> 默默照着孩子们的心。
> ……
> 星星不怕大雾会迷路，
> 准备许多贴心的礼物。
> 等待北极星空的麋鹿，
> 快递送来星星的祝福。

童声澄澈，旋律优美。曲终前，所有的小朋友闭上眼睛，向星星许愿。

爸爸妈妈很好奇,桂宝究竟许了什么心愿?

第二天是周六,虽然天寒地冻,但阳光明灿。上午,爸爸妈妈遛桂宝,去了奥森南园。小湖结冰了,桂宝在湖边的石凳上煮饭过家家。

"桂宝,你那天表演唱《星星的心》,许了什么愿啊?"妈妈饶有兴趣。

"每天都能吃一颗巧克力!"桂宝说。

爸爸妈妈不约而同"噗嗤"一笑。

"桂宝,许愿嘛,就得许个大的哇!"爸爸蹲在桂宝身边,笑得合不拢嘴,"这孩子,整天就想着玩儿和吃!"

3

寒假,爸爸带着妈妈和桂宝回四川。妈妈尤其担心桂宝水土不服,岂料桂宝吃得香睡得美玩得"嗨"。

某天,二姑带着桂宝去游乐场玩,很尽兴。晚上六点过,桂宝就呼呼大睡。

一大早,桂宝醒了,开启了"嘚啵嘚"模式。

"妈妈,我们买个充气垫放在家里吧,还有沙子,还有玩沙子的玩具……妈妈,可以吗?"桂宝详细介绍自己的宏愿。

妈妈没睡够,假装没听见,不接话。

桂宝代妈妈回答:"桂宝,你觉得这样做可以吗?"

妈妈迷迷糊糊,懒洋洋地问:"桂宝,你想干吗?"

"我们办个家庭游乐场吧!让小朋友都来玩儿!我卖票,你收费!"桂宝畅想着。

"这可不是我们家,你得问二姑同意不同意。"妈妈想笑,但忍住了。

桂宝立即扯开嗓子喊:"二姑,你同意吗?我们的游乐场就叫张琼辉游乐场,好吗?"

张琼辉,是二姑的名字。

桂宝,你这是童话思维呢,还是生意经?

4

新学期,桂宝的好朋友木子戴了顶新帽子来上学。帽顶上,有个直直的小揪揪。

桂宝说:"木子,你头上长了个'小鸡鸡'。"

第二天早上,木子死活不愿戴那顶帽子。

木子妈妈问清究竟,安慰木子说:"你告诉桂宝,这不是小鸡鸡,是天线。"

然而,木子还是不愿戴那顶漂亮的帽子。

桂宝,你这熊孩子!幸亏木子妈妈没有要求你给木子买一顶新帽子。

5

过了中秋。

晚上,妈妈在阳台上晾衣服,桂宝帮忙递衣架,不经意间抬头,看见了月亮,惊奇地说:"妈妈,月亮不圆了。"

"是呀,因为已经过了十五了。下个月十五,月亮还会圆的。"妈妈说。

"月亮可真调皮!"桂宝批评道。

"桂宝,你为啥说月亮调皮呢?"妈妈很好奇。

"月亮一会儿穿衣服,一会儿脱衣服。"桂宝说。

"月亮穿衣服?脱衣服?"妈妈很惊奇。

"圆圆的月亮,是身子光溜溜的月亮;弯弯的月亮,是穿上了衣服的月亮。"桂宝平静地说。

后记

一转眼，我的儿子桂宝已经七岁。

做了父亲之后，我开始重新审视儿童，重新审视儿童文学，重新审视我过往的儿童文学创作。我跟随桂宝重返成长现场，的的确确和桂宝一起成长。

我时常提醒自己：做一个善解人意的父亲，做一个不溺爱孩子的父亲，做一个和自己的父辈完全不一样的父亲。因此，无论是陪桂宝玩耍，还是给他讲故事，我尽力全情投入，尽力忘记自己的年龄，尽力忘掉生活中的种种不如意，尽力不打不骂不吼不嚷嚷，尽力不烦不躁和风细雨……

当然，我不得不承认，我根本不可能破译桂宝心灵的密码，我所有的努力不过是无限接近。而且，我无法彻底践行"儿童本位",甚至认为"儿童本位"不过是一种乌托邦。

一句话,桂宝正在成长,作为父亲的我亦是。

我中年得子,自然欣喜尤甚。桂宝一颦一笑,皆牵动情肠。孩子见风长,我知道,童年短暂,试图留念——拍照,文字记录。虽乐此不疲"晒娃",自认为还不是"孩子控"。

孕育的偶然,出生的艰难,成长的哭哭笑笑……七年间,我得空就记录。茶余饭后,睡前醒来,差旅途中……或只言片语,或长达数千言。有话则长,无趣便打住。纯粹的记录,不加任何"文学"修饰。笃定:主要是写给自己看的,兴许桂宝长大后会读。因此,只管素面朝天,不顾及任何功利。

我没有刻意运用儿童视角,也没有回避成人视角。不管是成人视角还是儿童视角,力求平视,尽量保持客观、冷静,试图还原成长的原生态,试图记录纯质、本真的童年岁月。

当然,一定要感谢朋友圈里的您——或多年挚友，或君子之交，或一面之缘，您的点赞或留言，给了我记录的信心和动力。你们宅心仁厚，时不时提醒我，出版一本"桂宝成长记"。渐渐地，我就动了俗念：待桂宝幼儿园毕业时，我送这本书给他当礼物。

本书编选了桂宝四岁前的故事。

这出版的机缘，其实，2015年就已注定。

那一年，作家、编辑培训典礼结束，我和梁唯先生匆匆加了微信。那是我们第一次见面，交谈肯定不过一分钟。然而，本书的出版，仅需这一分钟的因缘。

桂宝正茁壮成长，我亦步亦趋。

2021年8月16日于北京师范大学西门

图书在版编目（CIP）数据

亲亲我的小太阳 / 张国龙著. — 青岛：青岛出版社, 2022.1

ISBN 978-7-5552-5527-7

Ⅰ.①亲… Ⅱ.①张… Ⅲ.①散文集 – 中国 – 当代 Ⅳ.①I267

中国版本图书馆CIP数据核字（2021）第149599号

书　　名	亲亲我的小太阳
著　　者	张国龙
出版发行	青岛出版社
社　　址	青岛市崂山区海尔路182号
本社网址	http://www.qdpub.com
邮购电话	0532-68068091
选题策划	梁　唯
责任编辑	王龙华　常笑予
全书插图	阿　松
装帧设计	刘　晶　桃　子
制　　版	青岛乐喜力科技发展有限公司
印　　刷	青岛乐喜力科技发展有限公司
出版日期	2022年1月第1版　2022年1月第1次印刷
开　　本	32开（890mm×1240mm）
印　　张	6.75
字　　数	100千
书　　号	ISBN 978-7-5552-5527-7
定　　价	28.00元

编校印装质量、盗版监督服务电话：4006532017　0532-68068050